榎田尤利
Yuuri Eda 著
繪
文



# 賢者與瑪德蓮

Muni and Madeleine

賢者とマドレーヌ

上

# 生活在阿迦耆的人們

阿迦耆是一塊有著神鳥迦樓羅的傳說、豐饒秀麗的土地。

這塊土地受到神聖的存在——如來的庇佑，而侍奉如來的聖職者們稱為娑門。據古文獻記載，最早抵達並開拓阿迦耆的是珂璉之民。此後珂璉人便住在山崗上，領導阿迦耆的人民。特別優秀的珂璉人則成為娑門，負責處理阿迦耆的政事。娑門當中還有一群擁有天賦的菁英，他們為人們使用自己的特殊能力，因而受到民眾的尊敬。

珂璉人居住的山崗底下，則住著順英之民。他們的身材比珂璉人矮小，壽命也很短，不過個性勤勞，孩子生得也多。順英人服從珂璉人，與他們一同信仰如來，並負責一切的勞動，堅韌地生活在阿迦耆這塊土地上。

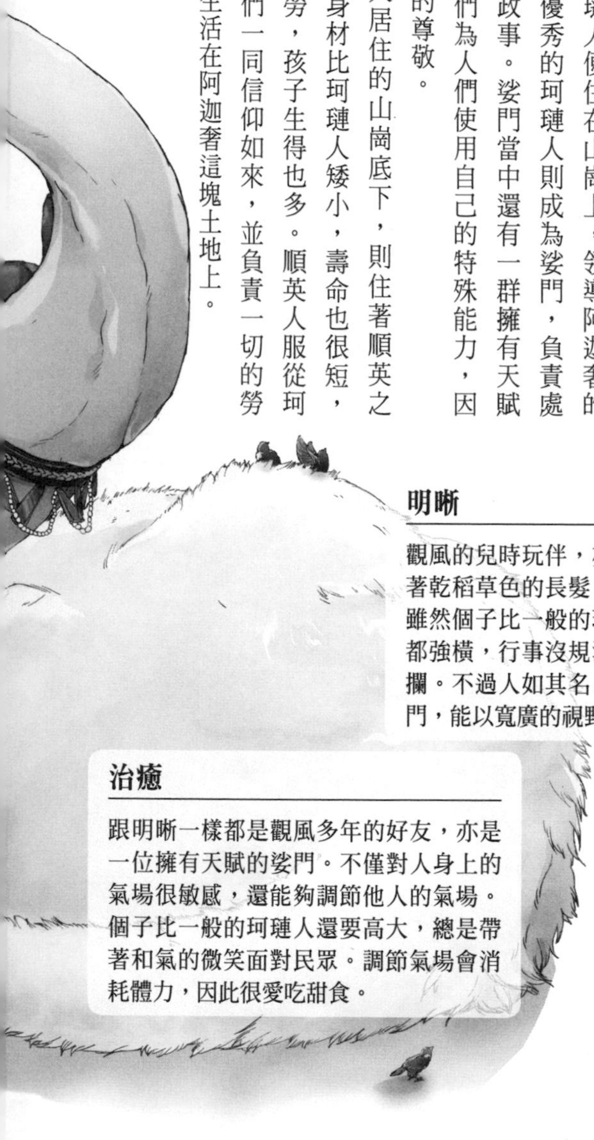

### 明晰

觀風的兒時玩伴，亦是最知心的好友。有著乾稻草色的長髮，以及水藍色的眼珠。雖然個子比一般的珂璉人矮，態度卻比誰都強橫，行事沒規沒矩，講起話來口無遮攔。不過人如其名，是一位頭腦明晰的娑門，能以寬廣的視野看待事物。

### 治癒

跟明晰一樣都是觀風多年的好友，亦是一位擁有天賦的娑門。不僅對人身上的氣場很敏感，還能夠調節他人的氣場。個子比一般的珂璉人還要高大，總是帶著和氣的微笑面對民眾。調節氣場會消耗體力，因此很愛吃甜食。

### 小陶

兩年前開始到觀風家工作的順英少年，負責照顧動物、泡茶等事務。雖然觀風老是記不住這位家僕的名字，他仍盡心盡力地服侍觀風。

**非者（瑪德蓮）**

因闖入順英人的民宅偷走麵包與軟膏而遭到逮捕。「非者」是指住在森林裡的少數部族，被阿迦耆的人民鄙夷為不祥之物。由於被捕時激烈反抗，故遭順英人毆打、關進獸籠裡，最後為觀風所救。有著宛如紅玉髓般、帶了金色與黃色的紅色眼珠，皮膚的顏色與質感也跟其他人不同。舉止非常粗暴，但很快就跟觀風家中的各種生物打成一片。

**觀風**

出身於珂璉數一數二的名門望族。身為「觀風娑門」，具備能敏銳察知氣壓、氣溫、溼度等大氣變化的天賦。擁有美麗的銀色長髮、銀色睫毛、灰藍色眼珠與稀世的美貌，由於沉默寡言又總是面無表情，故有「美麗石像」之異名。對人不怎麼感興趣，平時與許多珍禽異獸一起生活。從小就認識的朋友，有自由豁達的「明晰」，以及個性認真又溫柔的「治癒」。

# 賢者與瑪德蓮 上

CONTENTS

# 賢者與瑪德蓮

㊤

孩子們，翼神的孩子們，仔細聽我說。

是時候該告訴你們露茶的事了。

一如這個世界有收穫的季節，我們的身體也有開花結果的季節。我們將這種季節稱為露茶。

露茶每四年到來一次。

春天會出現徵兆，夏天則是最旺盛的時候，到了秋天便平息下來。絕大多數的人會在夏天結束之前找到自己的阿邇達，與之結為伴侶。阿邇達是獨一無二、與自己白頭偕老的另一半。倘若兩人無法長相廝守，就代表對方並非自己真正的阿邇達。

男人的阿邇達未必是女人，同樣的，女人的阿邇達未必是男人。這取決於翼神的旨意，我們無法干預。

下次的露茶將在明年到來。不過，並不是每個人都會出現變化。有些人在十六歲以前都不會出現變化，也有極少數的人會在非露茶的時期出現變化。

即將產生變化時，身體會莫名躁熱，下腹也會隱隱抽疼。此為前兆，是很自然的現象。這代表身體已在準備了。

若下腹疼得受不了，不知該如何是好時，可請教已結束露茶的大哥，他們會教導你們消解的方法。

最後，當露茶到來時——你們馬上就會知道。

更不用說找到阿邇達時，你們一定會明白。那是一種衝擊，是一種激情。自心底湧現的熾熱情感，猛烈得恰似憤怒，又苦澀得好似悲傷，亦令人聯想到歡愉的享受。

雖然要壓抑這股慾望並不容易，但仍必須克制自己才行。因為我們並非獸類，不能單方面地為所欲為。

不過若遇見真正的阿邇達，對方的身體理應會出現同樣的變化。只要確信彼此互為阿邇達，就再也不需要壓抑了。

當阿邇達與阿邇達合而為一時，一個新的世界於焉誕生。

# 第一章 觀測風象者

自己做了一個夢。

那是個宛如預感的夢。

清醒的瞬間，那個夢就倏地消散。彷彿落在掌心上轉瞬即逝的雪片。

夢中的自己似乎仰望著天空與浮雲——以及翱翔其中的飛物。

「……鳥？」

觀風輕聲自語。

他獨自躺在床榻上，沒有人回應他。

觀風緩慢地坐起上半身，原本鋪於枕上的銀髮隨之流瀉在背後。他再次閉上眼睛試圖回想那個夢，可惜就是想不起來。不過可以確定的是，那是一個愉快的夢。

澄澈湛藍的天空、飄浮於高空的白雲，以及飛翔的鳥……應該是鳥吧……總之是個很美的夢境。

做了一次深呼吸後，他睜開眼睛。

銀色睫毛下，是一對灰藍色的眼珠。

視線先是投向窗戶。

晨光穿過大玻璃窗照射進來，顯現出地板的花紋。這種窗用玻璃是將匠人吹製的燒瓶底部切割下來拼接而成，十分貴重。就連在屬於統治階級的珂璉人當中，也只有觀風於私宅裡裝設如此大扇的玻璃窗。

不過，這扇玻璃窗並非單純的奢侈品。有了大玻璃窗，室外的光線就更容易照射進來，要觀測天氣變化就方便許多。

觀風下了床。

他沒穿室內鞋，而是赤腳踩在地板上。雙腳往玻璃窗邊走去，白色寢衣的下襬靜靜地曳動。玻璃有些不平整，故無法完全掌握室外的狀況。不過還是看得出來，今天的陽光並不強。

天空似乎布著雲層，但並未下雨。

玻璃上並無水珠，赤腳踩在地板上時也感受不到溼氣。觀風繼續往前走，推開房間內側的門來到露臺。

「……！」

當下，他屏住呼吸。

是風。

迎面而來的強風揚起了銀色長髮。

觀風很後悔沒將頭髮綁起來，煩躁地甩開貼在臉上的頭髮。他將凌亂的寢衣下襬整理好，然後仰望天空。雲分布在較低的位置，上空則看得到澄澈的藍天。上層的雲與下層的雲分別飄往不同的方向。較高的雲是從西方飄向東方，較低的雲則相反……這代表低氣壓將至。

觀風擁有與生俱來的天賦。

那就是敏銳察知氣溫、溼度與氣壓變化的能力。憑著這項天賦，以及後天習得的知識預測天候——這正是【觀風娑門】的工作。

當然，天氣陰晴不定，預測未必每次都準確。

預測不準時就要追究原因，以提升下次的預測準確度，這點很重要。觀風的預報，不僅對作物的種植及收割很有幫助，有時還能保護民眾免於水患。

耳邊傳來啪沙啪沙的振翅聲。

觀風垂下目光俯瞰庭院，發現少年家僕正在鴿舍工作。

他的名字……叫什麼來著？

觀風想了一會兒，但想不起那位勤奮工作的少年叫什麼名字。外人在家裡走動會讓觀風很不自在，所以他只聘用一名家僕。觀風向來都是自己搬洗澡水、自己泡茶，看到灰塵時也會親自拿起掃帚打掃。在珂璉人當中可說是很少見的例子。

少年先把鴿子全放出去，然後用白布將頭臉包好再動手打掃。

鴿子們在空中歡快地飛翔。目前共有六隻鴿子，羽色各不相同。這些鴿子的名字觀風倒是全都記得。

「酷咕。」

他呼叫其中一隻鴿子。

有著純白羽毛的酷咕立即注意到主人的呼喚，朝他飛了過去。牠停在露臺的欄杆上，歪著腦袋像是在問：「有何吩咐？」見觀風慢條斯理地伸出右手，牠便乖乖跳到手上。鳥兒既聰明又美麗，真是美好的生物。

在中庭工作的少年家僕抬起頭。看來他發現了觀風的身影，少年站在鴿舍前對觀風深深一鞠躬。

輕輕點頭回應少年後，觀風便帶著酷咕回到房間。

「等我一下。」

對酷咕這麼說後，牠就好似聽懂了一般乖乖站在裝飾櫃上。觀風坐到寫字檯前，打開有鑲嵌裝飾的小盒子取出一張紙片。他先將吸墨粉撒在紙上，接著拿筆沾墨水，簡短地寫下要點。

——天氣陰。上午有可能降雨。較低的雲層若是擴大則會下大雨。

觀風對著紙片輕輕吹氣，將多餘的吸墨粉吹掉後，便將紙片摺得極小。接著把信放進配合鴿腳製作、尺寸同樣很小的信筒裡，再綁到酷咕的腳上。酷咕早已習慣送信，因此乖乖站著不亂動。在傳信鴿當中牠是最優秀的孩子。

之後，觀風再度站在露臺上。

「去吧。」

他將鴿子放到空中。

酷咕留下鼓翼聲，飛離了這裡，觀風目送那道變得越來越小的身影。

放眼望去，下方是阿迦奢的城市。

傳信鴿就朝著城裡的鐘樓飛去。

鐘樓矗立在城市的中央。管理者收到傳信鴿送來的訊息後就會敲鐘，透過敲鐘次數與鐘聲強弱告知民眾天候狀況。

之所以放眼就能飽覽城市，以及與城市相接的田地和牧草地，是因為這裡位在略高的山崗上。這座山崗名為珂璉之崗，意思即是「珂璉人居住的山崗」。

相傳珂璉人是最早來到阿迦奢，並開拓這塊土地的先民，如今他們成了領導阿迦奢人民的階層。

珂璉人當中，地位特別高的是聖職者「娑門」。而娑門也有上下之分。觀風擁有第二高的地位，但他本人卻一點也不在乎位階的高低。

至於分布在珂璉之崗山麓的城市與村莊，則住著被稱為「順英之民」的人們。

珂璉人與順英人無論外表或資質皆有明顯的差異，生活的區域也區分開來，不過彼此發揮各自的作用，維持這塊土地的平靜。

雖然幾乎看不到酷咕了，觀風仍然站在露臺上。緩和幾分的風吹動著銀髮。人時常羨慕鳥兒。

這是因為鳥兒乘風翱翔的模樣，看起來很逍遙自在吧。但是，天空有時是很嚴苛的環境。天上跟地上不同，就算遭到風雨的襲擊，也無處可以躲藏。這種事只要想一下就會明白，然而為什麼人還是想在天上飛呢？觀風實在無法理解。真是愚蠢。說到底，人類的眼睛沒有瞬膜，持續吹風的話眼球應該會乾燥而感到不適……想到這裡時，他在雲縫間發現了某樣東西。

然而一轉眼，那道身影就被雲遮住了。

鳥？

不對，那也未免……太大了。

觀風役使的動物中有一隻大烏鴉，不過那道身影比那隻大烏鴉還要龐大。由於不清楚距離多遠，故不曉得那道身影實際有多大，但要說那是鳥又很不合理。

莫非是自己看錯？

又或者那是不屬於這個世界的神鳥？

觀風不禁嘲笑浮現這種想法的自己。神鳥迦樓羅不過是傳說中的生物。

「觀風大人，您看到了嗎！」

原本在打掃鴿舍的順英少年，啪噠啪噠地輕聲跑了過來。包住頭臉的白布已經取下，不過少年身上仍沾著幾根柔軟的鴿毛，表情則顯得有些興奮。

「剛剛迦樓羅飛過了這裡對不對！雖然只出現一瞬間，但我看到了！」

純真的少年激動地高聲說道。觀風聞言僅簡短回答「這樣啊」。由於他平時態度就這麼冷淡，少年一點也不在意。

「嗯。」

「迦樓羅是如來聖者的使者對不對！」

「祂一直在天上守護著我們對不對！」

「沒錯。」

觀風語氣平淡地點頭道。

觀風的身高將近四肘（一九〇公分），在成年的珂璉男性當中算是普通水準。反觀少年的身高只有二肘半（一二五公分）。由於身高差距頗大，少年努力仰著脖子望向觀風，漲紅了那張有著淡淡雀斑的臉龐說：「這是多麼幸福的事啊！」感動之情表露無遺。

「我為生在阿迦奢這塊土地感到自豪！阿迦奢……我在教堂學過，它的意思是『天空』。這是一塊有著美麗的天空，還有神鳥翱翔於天際的土地……剛才看到的迦樓羅飛得好快……啊！對不起！打擾了您忙碌的早晨，我怎麼老是這麼聒噪呢。」

看來他也覺得自己很聒噪。少年先是閉緊嘴巴，然後略屈著膝蓋，恭敬地道歉。

「擁有天職的娑門、銀髮的觀風大人，請您原諒我。」

於是觀風也一如往常，淡淡地回答「我原諒你」。少年立刻恢復笑容，開口詢問：「請問早餐要吃粥嗎？」

「喝茶就好。幫我用小白菊和薄荷泡茶。」

「啊，您頭痛嗎？」

「只是以防萬一。因為低氣壓就要來了。」

「我明白了。今天還有瑪德蓮，您要不要配著茶吃一點呢？」

「不用了。」

觀風簡短地答道。

他並沒有那麼喜歡吃甜點。「好的，我這就去泡茶。」少年低頭這麼說後，隨即離開了房間。雖然少年的話很多，不過他是個耿直老實的孩子。平常也很細心照顧鴿子等家中的動物，因此觀風能夠很放心地將家務交給他處理。

少年離開房間後，觀風便開始打理服裝儀容。他先將水罐裡的溫水倒進水盆裡，把臉洗乾淨。接著抹上一層薄薄的香氛油，再將頭髮梳理整齊。他拿起編髮用的裝飾珠，但想了半晌後又放回去。

接下來脫掉寢衣，換上娑門服。

今天高階娑門要出席評議會，所以挑選了用織得很密的上等布料縫製的服裝。觀風所穿的娑門服是以白色為主色，領緣、袖口、腰帶則為藍色，並且繡上鳥兒做為點綴。手藝精湛的刺繡師傅都是順英之民，能夠為娑門服刺繡對他們而言是一種榮譽。

擁有天職的娑門……剛才，少年家僕這麼稱呼觀風。

天職是指「上天授予的職位」。

例如「觀風」、「治癒」、「指導」等等——這些職位也直接當作稱謂使用。雖然娑門也有出生時取的俗名，但以俗名稱呼娑門是不敬的行為。觀風已沒有家人，因此記得其俗名的人寥若晨星。今後應該不會有人用那個名字呼喚觀風吧，就連觀風也快忘了自己的俗名。

曾經有人問他：你不覺得這樣很空虛嗎？

那不是娑門的職稱，而是父母為你取的、凡人的名字，倘若連自己都忘記了，你不覺得很空虛嗎……

他回答：不會。

我一點也不覺得空虛。因為名字不過是一種方便的符號。

這是很久以前的事了。雖然他還記得對話內容，不過問他這個問題的人是誰呢？那個人好像是……

「那個人就是我啦。是我問你，會不會覺得空虛。真懷念啊……那已經是幾十年前的事了吧。」

帶著和氣笑容這麼說的人，正是【治癒娑門】。

打理好服裝儀容後，觀風只喝了一杯藥草茶便出門，此刻他正與舊友治癒一同走在山崗上。兩人的目的地是位於山崗頂端的聖域——如來之塔。

「當時聽到你的回答後，我感到很佩服。身為一名應當放下所有執著的娑門，這實在是很完美的回答。竟然連自己的名字都不執著。」

「能得到你的讚美真是光榮。」

「哎呀，我這是在挖苦你耶。」

「我知道。」

治癒無奈地嘆了口氣，接著嘟囔道：「你還是老樣子呢，美麗石像。」

「美麗石像」是觀風的異名，具有兩種含意，一種是指觀風的容貌分外俊美，另一種則是指他向來面無表情，看不出內心在想什麼。這個異名既可用於讚美，亦可用於貶抑。剛才治癒那句話的意思就是偏向後者，不過他的口氣並不尖刻。這是交情好到無須客氣的朋友才可以開的玩笑。

觀風有兩位認識多年的朋友，其中一人就是治癒。

治癒有著一頭惹眼的亮麗黑髮，年紀比觀風小一點，個子比觀風還要高。在體格本來就很高大的珂璉人當中，治癒堪稱是高人一等的偉丈夫，不過他給人的感覺卻是沉穩又和氣，與民眾視線交會時一定會露出溫柔的微笑。治癒對人身上的氣場很敏感，而且擁有可調節他人氣場的天賦。換言之，他能夠治療因氣場紊亂而引起的疾病。城裡也有順英藥師，而指導與培養他們亦是治癒的工作。

「觀風啊，身為多年的朋友，我實在很擔心你……如來的確不認為執著是對的，但人珍惜自己的名字、對名字有感情是很自然的事。雖然這種感情也是一種執著，不過……我認為若要設身處地幫助民眾，就必須理解、接受這種感情。」

「幫助民眾這種事，交給你或指導就好。」

「哎呀，幫助民眾可是全體娑門的責任與義務喔。」

「你應該很清楚我不擅長什麼事吧？……我頂多只會觀測風象與天候。」

「眉間的皺摺變深了呢……你開始頭痛了嗎？是不是快下雨了呀？你家的藥草茶應該快喝完了。小陶沒告訴你嗎？」

「小陶？」

觀風喃喃地問，治癒聽了便揚起眉毛，略微拉高聲調說：

「真是敗給你了。你連每天都會碰面的家僕名字都不記得嗎？那孩子已經在你家工作了兩年耶。」

「可是他卻不記得我不愛吃甜食。今天早上他還推薦我吃瑪德蓮。」

「嗯——你是不是告訴他喝茶就好？為了身體著想，早上應該要吃點東西。小陶是體貼你才會推薦你吃瑪德蓮啦。」

「……記人名同樣是我不拿手的事。」

「可是你卻叫得出每隻鴿子的名字耶？」

「因為不叫名字的話鴿子就不會過來。」

治癒語帶嘆息喊了一聲「觀風」，看著他勸道。

「我認為你應該要再對人有多一點興趣。」

觀風把這句話當作耳邊風。

對某樣東西產生興趣是自發性的行為，並不是被人要求就做得到的事。這一點治癒應該也很清楚吧。畢竟這樣的對話，兩人早就不知道有過多少次了。

風勢又逐漸變強了。

觀風的銀髮又細又輕，因此一下子就被風吹亂。反觀治癒的黑髮雖然同樣很長，但編成髮辮的部分起到壓住頭髮的作用，因此不容易被風吹亂。在阿迦奢的習俗裡，娑門是不剪頭髮的。觀風厭煩地將頭髮往後一梳，治癒見狀便問他為什麼不把頭髮編起來。

「你可以拜託小陶呀？那孩子手很巧的……哦——我知道了，你是覺得拜託他也很麻煩對吧。明明願意跟鴿子說話，卻不願意跟人講話，真是個讓人傷腦筋的男人。」

治癒以傻眼的口氣自顧自地推測，由於他猜對了，觀風只好靜默不語。

把那名少年……把小陶喚來，將梳子與裝飾頭髮的珠子交給他，向他說明娑門獨特又繁瑣的編髮方式，然後坐著不動一段時間……光用想的就覺得麻煩。倒不如叫酷咕與其他鴿子叼著頭髮幫自己編髮辮算了。不知道有沒有辦法訓練牠們做這種事……觀風開始逃避現實，想著不切實際的點子。

「先不說這個了，你有聽說今天的議題嗎？」

治癒這麼問，觀風一語不發地點頭。通往如來之塔的坡道變成了白色石階。觀風感受著自腳底傳來的堅硬觸感，忍著嘆息往前走。他非常清楚，今天要討論什麼事、會被問到什麼問題。

「評議會結束後，我要去拜訪城裡的藥房。」

大概是察覺到觀風內心的煩悶吧，治癒換了個話題。

「新配方的藥草茶應該到貨了。要不要一起去看看？」

「我今天得去『愛兒館』才行。」

「這樣啊，那很好呀。孩子們肯定伸長了脖子等著你吧。」

「…………」

「雖然你很不擅長應付那種場合，但還是得更常露面才行。」

「…………」

「畢竟連態度如此冷漠的你，都有孩子願意親近嘛……觀風，你有在聽嗎？」

「我有在聽。」

觀風僅回了這四個字，治癒固然傻眼，但也只是輕輕笑了笑，不再繼續說教。兩人默默地朝著如來之塔並肩而行。

如來是阿迦耆的法定信仰對象。

其名諱以古代文字書寫即是「如來」。

所有的珂璉人與順英之民皆皈依如來，也因此大家都很尊敬侍奉如來的聖職者——娑門。目前娑門約有一百人，若把見習者算進去的話人數則為兩倍。

不過只有具備天職的高階娑門，能夠出席定期在如來之塔召開的評議會。

白色的如來之塔，聳立在珂璉之崗的頂端。住在山麓的城裡或村莊裡的順英之民，則過著仰望那座白色高塔的生活，就信仰的象徵而言，那裡可說是很理想的位置。

這座高塔建於何時、由誰所建，並未留下明確的紀錄。不過可以確定的是，以現今的技術是建不了如此高的石塔。就連當作建材的白石，也不是採掘自阿迦耆的周邊地帶。這座充滿謎團的石塔，相傳是「最早抵達這塊土地的珂璉人，聽從如來的指示建造的奇蹟之塔」。即使經歷多年的風雨，建築物本身依舊堅不可摧，到處都是苔蘚的外觀別有一番風情。一樓有用來召開評議會的會議室，以及可容納更多人數的大會堂，而沿著螺旋階梯來到最上層，唯一一尊如來像就安置在此。塔內還有通往地下室的階梯，但那裡被視為聖域中的聖域，一般人是不得隨意踏進去的。

「你來啦，頭痛娑門。」

兩人在如來之塔的入口遇到了【明晰娑門】。

他與觀風同年出生，是觀風認識最久、最知心的朋友，此外還是講話最失禮的娑門。聖職者必須注重禮儀，但這種常識並不適用於這個男人。觀風十分清楚這一點，所以什麼話也沒說。只要視線短暫交會、眨一下眼睛，這樣就算是跟這男人打過招呼了。

不過，正經八百的治癒似乎忍不住想要規勸他。

「擁有天職的娑門——頭腦明晰之人啊，不要欺負頭痛的道友。」

語畢，治癒擋在明晰的前面。

超過四肘的高大身影給人不小的壓迫感，但明晰並不是這樣就會改變態度的男人。雖然三人當中他的個子最小，態度卻比另外兩人還要強橫。

「噢，擁有天職的娑門——身材高大卻有顆細膩的心、溫柔地治療民眾的吾友啊，我才沒有欺負他喔，這是出於友情的玩笑。我們可是朋友，真正要欺負觀風的，應該是接下來會見到的那些人吧。」

咯！明晰發出獨特的笑聲，輕輕晃動肩膀。

他有著一頭乾稻草色的長髮，以及水藍色的眼珠。耳朵上打了好幾個孔，並且戴滿了耳飾，這亦是他的特徵。

頭髮只是隨便紮起來而已，不受控制的碎髮到處亂冒，看上去就像是在告訴別人，別說是編髮了，他連梳頭都嫌麻煩。

「觀風，你今天同樣會打迷糊仗敷衍長老嗎？」

明晰以調侃的語氣這麼問。

「我從來不曾敷衍那幾位必須尊敬的長老。」

「你還真敢說。」

「我只是向他們解釋，現在還不是時候。」

「這個解釋已經用了將近十年囉。就算我們的壽命很長，那幫人也快等得不耐煩了吧。搞不好他們會為了讓你當上賢者而不擇手段。」

治癒聞言嘀咕道：「很有可能呢。」

今天出席評議會的娑門並不多。

與會者只有具備天職的高階娑門，以及長年擔任娑門、被尊稱為「長老」的人物，總共二十人左右。在這塊信仰與生活密不可分的土地上，娑門既是宗教人士，亦是行政官，有時訂定規則，有時廢除規則，此外還要保護民眾，以及制裁民眾。

……不過，今天的議題跟民眾無關。

賢者。

這個已虛懸一段時間的地位，是今天要討論的主題。

「你快點明白地拒絕吧。」

明晰的語氣重了幾分，但觀風並未回答。

他轉而仰望天空。雲的移動速度變得比剛才還快了。

無論天空的變化還是他人的行動，本就不會照自己所想的進行……觀風如此想道。

「賢者是什麼呢？」

稚嫩的聲音從腳邊傳了上來。

目光往下移動，便看到一個孩子埋在自己的衣襬間，仰頭望著自己。

年紀大約四歲吧。這個紅髮的孩子……觀風忘了她的名字，不過長相當然還記得。她原本是被人丟在這個地方——這間「愛兒館」門前的棄嬰。

「愛兒館」是收容孤兒、養育他們的設施。

阿迦奢是一塊豐產的土地，極度貧困者並不多。此外，順英之民富有愛心，十分疼愛小孩。因此，阿迦奢的孤兒並不多，但難免還是有父母病逝或意外身亡的孩子。

另外也有出於某些緣故，把嬰兒棄置在這棟建築物前面的情況，不過這種案例極少。這些孩子會在「愛兒館」裡受到細心照料與養育。由於高階婆門也參與經營，觀風偶爾會順道過來這裡探望孩子。但與其說他是自動自發地來看孩子，倒不如說他把這件事當成一種義務。

「賢者就是……」

觀風想要說明，但孩子離他太遠了。

因為珂璉的成人與順英的兒童，兩者的身高實在相差太多了。這孩子的個子只有那位少年家僕……他是叫小陶吧，總之只有他的一半左右。要讓孩子聽得清楚，就得稍微蹲下來才行。由於這裡是中庭，長袍下襬沾到了泥土，但他並不介意。

銀髮隨著下蹲的動作滑順地垂落，小女孩見狀伸出小手說：「哇……好漂亮。」

她的手摸得到觀風的髮梢，不過這樣的距離仍然不方便交談。最後，觀風幾乎是蹲在地上，以這個姿勢跟孩子對看。雖然頭髮被她揪住感覺有點痛，但觀風不會去責備年幼的孩子。反正過不了多久她就會放手吧。

「聽好了，小朋友。賢者就是得如來傳授智慧的人。」

「得……智慧？」

「……就是瞭解萬事萬物、很了不起的人喔。」

「很了不起的人……那麼，賢者大人可以得到很大的布丁塔嗎？」

小女孩一臉認真地問，觀風反過來問她：「布丁塔？」她說的布丁塔，是指用雞蛋和牛奶製作的烘焙點心布丁塔嗎？

「昨天，小不點咪咪跌倒受傷，哭得很慘。緹比看到了就幫她清洗傷口、塗上軟膏，然後保母媽媽就來了。保母媽媽說緹比很了不起呢、是哥哥呢。然後到了點心時間，他就得到比大家還大的布丁塔。」

「原來是這樣。」

「如果成為賢者大人，是不是就可以吃到沒切過的、圓圓的布丁塔呢……」

「不，正好相反。如果是賢者，他會把自己的布丁塔分給其他人吧。若願意將自己的食物施捨給某個肚子餓的人，這樣的人或許就有資格成為賢者。」

「施捨……是送給別人嗎？」

「沒錯。」

「咦？可是，那是布丁塔耶？布丁塔甜甜嫩嫩的很好吃，吃起來有牛奶跟雞蛋還有砂糖的味道，有點烤焦的地方也很好吃，要把那麼好吃的布丁塔送給別人嗎？」

「對，賢者之所以了不起，就是因為他能把珍貴的東西施捨給別……唔……好痛！」

「可是那是布丁塔耶，觀風大人！」

「我知道了……妳先放手……」

觀風被這股來自頭皮的疼痛嚇到，不由得退卻。順英之民的孩子即使年紀很小，力氣依舊大得驚人。小女孩使盡力氣抓著銀髮不斷拉扯，並用笨拙的言詞一再強調布丁塔的美味。自己總不能把她推開，不擅長面對孩子的觀風實在是束手無策。正當他皺著臉暗想「難道只能一直忍下去嗎」時，拉扯頭髮造成的疼痛驟然消停。

幾乎同一時間，小女孩突然發出「呀哈哈哈」的笑聲。原來是因為有人從背後搔她癢。

「妳看，要飛上天空囉──」

這個人用有點沙啞的開朗嗓音這麼說後，將孩子抱了起來。接著就像他說的一樣往上舉，小女孩被逗得樂不可支。看來這個粗暴的遊戲跟布丁塔一樣，都很受到她的喜愛。觀風總算站起來，以手梳理纏在一起的頭髮。

「啊哈哈、啊哈哈哈哈！花壇爺爺，我還要玩！」

「還，還要玩嗎？爺爺也很想再跟妳玩，但爺爺的腰啊……痛痛痛……」

花壇爺爺——小女孩這麼稱呼的人，是住在「愛兒館」裡，負責照顧庭院樹木的男人。他將小女孩放下來，低著頭說：「銀髮的觀風大人，孩子對您失禮了。」

觀風緩慢地搖了搖頭，表示不要緊。男人年約六十吧，以順英之民來說算是老年人了。

「因為小雪她最喜歡觀風大人了。」

老先生面帶微笑道，這時觀風終於想起小女孩的名字。沒錯，她叫做小雪。

「這也是當然的，畢竟您是有名的最美娑門，城裡的姑娘們甚至把您掉落的髮絲當成護身符……說是只要帶在身上就能保佑她們變美。何況您還是替小雪取名的人，所以她更是格外仰慕您……哎唷，小雪，別拉爺爺的衣服。」

「不行！爺爺，不要講出來，人家會害羞！不要告訴觀風大人小雪最喜歡他！」

小雪紅著臉，氣鼓鼓地說。老先生見狀笑著道歉，揉了揉小雪的頭髮。然而小女孩似乎不肯消氣，她鬧脾氣喊著「討厭！討厭！」，更加用力拉扯老先生的衣服。

突然間，那具嬌小的身軀輕飄飄地浮了上去。

抱起她的人不是花壇爺爺，當然也不是觀風。

「小雪！妳怎麼氣呼呼的？要是那麼生氣，我就把妳轉一轉丟出去喔！」

出現在此的人是明晰。小雪被他舉到比剛才還高的位置，再度發出開心的叫聲。

「妳想飛得更高一點嗎？可是飛得太高，迦樓羅有可能把妳叼走喔！這樣一來，妳就再也吃不到這裡的布丁塔了，沒關係嗎？」

「不行！不行！我要吃布丁塔！」

小貪吃鬼急忙大聲回答。正在看顧其他孩子的保母聽到她的聲音，這才終於注意到這裡的狀況，趕緊跑了過來。

「明晰大人、觀風大人，非常抱歉！小雪，我還在想妳跑哪兒去了呢！」

擔任保母的女性們同樣都是順英之民。情緒還很亢奮的小雪卯足全力撲向保母，不過保母輕輕鬆鬆地接住她，將她抱起來。

這位保母雖然是成年人，但個子大約只有觀風的一半高吧。順英之民無論男女都很矮小，但他們體格結實，肌力也很強。反觀珂璉人一般都是高䠷且細瘦，不過肌力沒問題，因此也許是兩者的體質不同。

「我跟妳說喔，花壇爺爺把人家的祕密說出來了，所以人家就生氣了，然後明晰大人就跟人家玩飛高高喔！」

「真是太好了呢。妳就原諒爺爺吧？」

保母這麼說，小雪立刻點頭。爺爺站在一旁搔著頭，小雪用力握住他的手，向他表示自己已經不生氣了。老先生聞言笑得皺紋更深了，他對著小女孩說：「謝謝妳啊，小雪。」

「好了，小雪。娑門大人他們很忙，妳該回去找朋友玩囉。」

「好～還有啊，觀風大人跟我說了賢者大人的事！」

「這樣啊，觀風大人跟妳說了什麼呢？」

「嗯，觀風大人說，他沒有成為賢者大人，是因為當了賢者大人後，就必須把布丁塔送給別人。」

我沒說。

我才沒這麼說。

然而在觀風開口否定之前，明晰就已「唔哈哈哈哈」地放聲大笑。他會大笑當然不是因為相信小孩子說的話，而是猜想得到觀風如何笨拙地向小孩子說明。由於不能對娑門無禮，保母與老先生都在憋笑。

「小雪，不是這樣啦。」保母趕緊糾正她。

「不是嗎？」

「不是，觀風大人沒有成為賢者大人，是因為其他的原因。」

「什麼原因？」

「這……」保母顧慮著觀風，含糊地回答，「是我們不懂的、很複雜的原因。」

觀風在心裡無奈地嘆氣，探頭盯著小雪的臉。

「我應該會成為賢者吧。只不過，那個時刻尚未到來。」

他對著小雪如此說道，隨後又補上一句：「不管有沒有當上賢者，我都不需要布丁塔。」

「您不需要……布丁塔嗎？」小雪睜著烏溜溜的大眼睛，仰望著觀風問道。

「對，如果你們肚子餓，隨時都可以吃掉我的份。」

「小雪的布丁塔可以分一點點給您喔。」

面對一臉認真地這麼說的孩子，觀風先是稱讚她「妳真善良」，接著便說：

「但是不用擔心。不管怎樣，成為賢者之後我就不會來這裡了。」

小雪聞言錯愕地叫了一聲，睜圓了雙眼。

「因為賢者基本上不會離開如來之塔。」

「……觀風大人，您不會來這裡嗎？」

「不會。」

「所以見不到您了嗎……？」

「就是這樣。」

小雪先是愣了一會兒，而後整張臉皺成一團，緊接著就嚎啕大哭起來。她的哭聲大到觀風忍不住往後退。就是因為這樣，觀風才會不擅長面對孩子。孩子的情緒起伏過於劇烈，常常令他不知該如何應付。

「對、對不起。小雪，沒事啦……」

保母匆匆忙忙地抱起小雪，向觀風他們屈膝行禮後，隨即小跑步回到屋內。只要到廚房拿杯牛奶給她喝應該就會安靜下來吧。

「她真的很喜歡觀風大人呢。」

花壇爺爺瞇起眼睛，自言自語似地再度這麼說。之後便向觀風他們行了一禮，同樣回去做自己的工作了。

觀風默默地目送有些駝背的背影。

「別把小孩子弄哭，她看起來很可憐耶。」

遭明晰這般指責，觀風隨即否定：「不是我害的。」

「就是你害的啊。而且，你怎麼叫人家『小朋友』，難道你忘了自己取的名字嗎？」

明晰一語說中真相，觀風只好轉移目光不去看這位朋友。「愛兒館」收留遭到遺棄的孩子時，照慣例會請高階娑門為孩子取名，並決定孩子的生日。

「洛克不是也說了嗎，小雪最喜歡你了。」

「洛克？」

「就是花壇爺爺啦。你真的都沒在記人名耶。小雪那麼親近沒有半點笑容的你，你不覺得她很可愛嗎？」

「我沒什麼特別的感覺。」

觀風老實回答後，明晰擺出呆愕到極點的表情看著他。

「孩子是阿迦奢未來的主人公。他們的確是該保護的對象，但我並不會因此就覺得他們可愛，也不認為有必要疼愛他們。像我祖父就完全不疼我父親，我父親也不疼我。我既不怨恨他們，從小到大也都覺得這樣很正常。在你眼裡看來或許很奇怪，但我們這一族的血統就是如此。」

嘖！明晰的咂嘴聲竄入耳裡。

身為一名娑門，這是非常沒規矩的行為，因此觀風見狀也忍不住皺起眉頭，輕瞪著朋友。不過，對方卻用更加強勁的目光瞪著觀風。

「說什麼血統。你該不會把『不沉舟』當真吧？」

「明晰，注意你的措辭。」

「哈，你又不是第一天認識我。我是明晰娑門，就是因為頭腦明晰，才會批判教典！」

觀風眉間的皺摺變得更深了。他抬起右手，先以手掌對著明晰，接著轉動手腕，改以手背對著明晰。這是娑門用來取代粗聲厲語的動作，代表強烈的制止或否定。此刻這個動作，則是表示「不要再說了」。

「不沉舟」是如來信仰的核心教典中出現的詞彙。因此，批判這個詞彙可謂天大的不敬。

——從天選的娑門當中，進一步遴選出來的賢者啊。獨一無二的天選之人啊。此人擁有純正的珂璉之血，其心如止水，故水上之舟永不沉沒。

這即是「不沉舟」一節的內容。

「世上既沒有不會沉沒的船，也沒有如止水一般毫無波動的心啦。」

「倒也不盡然。畢竟我就跟石像一樣哪。」

「哼，你要真是用石頭做成，就會因為太重而在上船的那一刻沉下去啦。」

「明晰，別再玩文字遊戲了。我們這一族擁有不受情感迷惑的血統是事實，也因此至今有不少先人獲選為賢者。」

觀風的父親曾是賢者，曾祖父也一樣。

若繼續往前追溯，當過賢者的先人就更多了。觀風出身於珂璉之血濃厚的家族……也就是不曾與順英之民混血的【純血一族】，而這是能夠成為賢者的條件之一。不過重點並非純血這件事本身，而是著重於純血特有的氣質傾向。

「你是要向我炫耀自己血統純正嗎？無聊。居然說純血的薄情者適合當賢者，簡直就像個惡劣的玩笑。」

聽到明晰使用「薄情者」這個字眼，觀風不禁嘆了口氣。真是粗暴、帶有偏見的說法。

不消說，明晰是故意惡言惡語，試圖激怒觀風。可觀風畢竟是「純血的薄情者」，這種程度的挑釁自然不可能令他亂了心緒。

觀風當然也有情緒。只不過，他的情緒起伏很小，其他人難以察覺。

「賢明之人不該受情感左右。」

「無情之人怎麼拯救得了黎民啊。」

「那是低階婆門的工作。因為當上賢者便是與如來結緣，不再跟天下蒼生有所交集。此後就負責將如來的旨意，傳達給你們這些婆門。這是很崇高的任務。」

「崇高啊。嘿……那能吃嗎？」

「就算試圖惹怒我也是沒用的。」

「我知道啊。畢竟我已經持續付出徒勞無功的努力超過百年了。不過，若只是要讓你感到不快，我還是辦得到的。」

觀風瞥了一眼嘴上不饒人的朋友後，逕自邁開腳步。他本來就沒打算在「愛兒館」久留，今天更是想快點回去，因為他想擺脫這位纏人的朋友。然而，明晰卻緊緊跟在後頭。

保母與幾名孩子發現觀風和明晰正準備離開，便趕緊跑了過去，向來訪的兩人致謝並送他們到石門口。「願如來保佑你們。」觀風與明晰齊聲說出這句固定的道別話後，便離開了「愛兒館」。

之後，兩人一前一後走在城內。

從「愛兒館」到拴馬處需要走一小段路。市場就在附近，那裡是阿迦奢最熱鬧的區域。觀風想甩掉明晰，因此走得非常快，但那位朋友一直緊跟在後面，完全甩不掉他。兩人都穿著很相似的連帽披肩。這原本是低階娑門穿的披肩，如此一來就不必擔心引人注目了。

「快辭退。」

明晰對著觀風的背影這麼說。

「快點辭退賢者一職……透過正式的手續。」

雖然之前明晰就已再三勸阻觀風，但這還是他頭一次在人來人往的城裡提起此事。觀風頭也不回地說：「麻煩你注意一下場合。」

在這種地方，難保不會有人偷聽。

「要是你以為可以永遠拖下去那就大錯特錯了——那些長老畢竟活了很久，他們很擅長玩手段。」

「越說越不像話了呢，這種事不該在路邊談吧。」

「混在擁擠的人群之中有時反而安全。總之你快點辭退。現在辭退，我和治癒還能幫你說情。就跟他們說，你繼續當【觀風娑門】會更有貢獻。先不提我自己，治癒可是出身於僅次你家的名門望族，他在評議會上有很大的影響力。但是治癒有很多家人，換言之他要保護的人很多。長老他們很清楚，只要以此要脅治癒就會退縮。如果只剩我一人，要阻止你當上賢者就很困難了。」

「誰拜託你阻止了？就像剛才說的，我遲早會成為賢者。現在只是還沒準備好罷了。」

「準備什麼？」

「我沒必要向你說明。」

「是啊，沒必要，因為我早就知道了。你正在找可以收養小小的人吧？可是你一直找不到擁有足以養牠的寬敞中庭，而且一定會疼愛牠的怪胎。真是的，居然以動物為第一優先！」

由於被明晰說中了，觀風只得沉默地往前走。自己不能不負責任地將在森林裡撿到的小小扔下不管。小小不是普通的動物，對觀風而言牠就跟家人沒兩樣。

「……無論如何你都要成為賢者嗎？」

纏人的朋友並未放棄。

「那是我的義務。」

「義務什麼的不過是一坨屎。」

行進在人群當中的觀風不由得皺起眉頭。這男人真的是個口無遮攔的傢伙。

「如果你不喜歡義務這個字眼，那我換個說法吧。這是我的命運。」

「你說命運？」

「沒錯，這是宿命。正因如此，我比任何人都適任。」

「的確，你的曾祖父似乎就很適任。把自己關在石塔裡，絕大多數的時間都是在睡眠中度過，只有如來召喚他時才醒來，猶如幽靈一般持續扮演傳話的角色，就這麼活了兩百多歲。你真的想做這種事？」

「這是很偉大的工作。」

「這樣啊。需要我把你父親的事也搬出來說嗎？」

觀風隨即停下腳步，低聲警告：「夠了，快點閉上你的嘴。」

兩人已接近市場的中心，周圍的攤販、小旅店、餐館等店家多了起來，要去這些地方的人也越來越多。兩名高䠷的坷璉人站在這種地方互瞪固然引人側目，不過似乎還沒有人發現他們是高階傢伙。

「我才想叫你別鬧了。要是好友把自己關在石塔裡……今後我要找誰傾吐真心話？」

「還有治癒在吧？」

「我可是全阿迦奢話最多的娑門耶，你想讓治癒一個人充當我的傾訴對象嗎？那小子雖然是治癒娑門，他卻無法治癒自己耶，未免太可憐了吧！……唔嘎……！」

全阿迦奢話最多的娑門突然閉嘴，是因為觀風終於動用了武力。觀風一把揪住明晰的披肩將他扯了過去，硬是捂住他的嘴巴。

「唔咕……唔咕咕……」

觀風的個子比明晰高，因此要動手並不是件難事，只是可以的話他並不想做出這種行為。偏偏這位朋友，在人來人往的街道上說了太多危險的話。高階娑門擁有特權，因此必須時時留意自己的言行舉止。

「在謹言這方面，你一點也不明晰哪。」

觀風將聲音壓得更低如此說道，這時明晰揚起眉毛發出「唔咕咕！」的悶聲，手則一直指著某個地方。觀風轉頭望去，看到了一群人。不遠處的廣場聚集了約三十位民眾，他們圍著某個東西吵吵鬧鬧。觀風定睛察看狀況，並且放開明晰。

「噗哈！你想害我窒息嗎！……喂，那邊在吵什麼？」

「不知道。」

「大家的表情都很緊張不安耶，該不會是有人在打架吧？我們快去看看。」

順英之民一般都很勤奮和善，不過急躁沒耐性的人也不少。

當人們的紛爭有可能發展成暴力時，娑門就必須介入調停才行。坦白說，這是觀風不拿手的工作之一。介入情緒激動、七嘴八舌爭吵不休的人們之間，會令他的內心疲憊不堪。反觀明晰則有些興匆匆地走向那群人。因為這位朋友，最喜歡介入別人的紛爭了。

兩人站在團團包圍某樣東西的人牆最後方，明晰揭下兜帽，大聲詢問出了什麼事。民眾回過頭，有些驚訝地睜大了眼睛。

「是明晰大人。」

「明晰大人……連銀髮的觀風大人也來了。快把路讓開。」

雖然觀風並未完全揭下兜帽，不過一束銀髮就垂落在顯而易見的位置，光憑這點線索就足以讓民眾認出他來。只是當事人直到剛剛才曉得，自己的頭髮竟成了「可以變美的護身符」。這群矮小的順英之民紛紛略低著頭表示敬意，並且讓出一條路。於是，觀風總算看到了他們包圍的東西。

原來是一個籠子。

那是個用樹枝製成的籠子，看起來很牢固，不過作工簡陋粗糙，應該是用來鬭獸類的吧。設陷阱捕捉破壞田地的害獸再賣到肉鋪，這種事在阿迦畬並不罕見。

但是，這個籠子相當大。

這裡應該極少會出現如此大隻的野獸。難道是大隻的混種野豬，從禁止進入的森林深處誤闖到這裡嗎？又或者是觀風飼養的那種特異種生物——

籠內有東西閃動著光芒。

是野獸的眼睛嗎？籠子裡似乎還有網子，因此看不清楚全貌。

觀風緩慢地走近那個籠子。

「銀髮的觀風大人，請您小心。」

最靠近籠子的男子這般提醒道。

一看到那張臉，觀風便在心裡「哎呀」一聲。他認得那副長相，但還是老樣子想不起對方的名字。

「你不是藥師托瓦嗎？」

明晰代替觀風叫出男子的名字。

對了，他是在城裡為民眾配藥的托瓦。觀風曾聽治癒說過，托瓦雖然年紀尚輕，卻擁有豐富的藥草知識，是個非常優秀的人才。他戴著藥師的標誌「綠色毛氈帽」，一副驚慌失措的模樣。

「究竟出了什麼事?這個籠子是?」
「明、明晰大人也請當心……這裡很危險,真的非常危險。」
「難道是出現了許久不曾見到的特異種嗎?既然這樣,喜歡珍禽異獸的觀風應該會帶回去吧。」
觀風聽著托瓦與明晰的對話,走到距離籠子只剩幾步的位置。就在這時,整個籠子劇烈地搖晃,還傳出一陣哮吼……
不對,是叫喊。
觀風頓時停下腳步。
沒錯,這是人的叫聲,不是野獸。
雖然聽起來很沙啞,好似恐懼與激動的野獸吼叫聲,但這確實是人的聲音。
「那是非者。」
托瓦戰戰兢兢地說。看得出來,如果可以的話,他連那兩個字都不想說出口。
「非者?出現在城裡?」
明晰這麼問,托瓦先是回答「是的,是在郊區……我家附近抓到的」,接著開始說明事情經過。
「昨天半夜,鄰村有人生病。於是我送藥草過去,今天早上才回家。結果進門卻發現，屋內被人翻得一團亂……」

托瓦立即通報城裡的幹事。城裡有順英人組成的巡邏組織，負責巡查警備，發生竊盜或暴力事件時也會去搜捕犯人。當時，幾名自認孔武有力的男人在托瓦家周圍搜索，最後發現了踩中套索陷阱的非者，而那陷阱原本是用來對付破壞田地的獸類。

「那個非者身上帶著麵包與水果，還有外傷用的軟膏。先不說食物，軟膏的確是我調配製作的東西。也就是說，把我家翻得一團亂的犯人就是那個非者……」

明晰聽完，先是點頭說「原來是這樣」，而後瞥了一眼觀風接著道：「但就算如此，把人關在獸籠裡是不對的。」

「可是，那個傢伙相當凶暴……」

「就是啊，明晰大人。」

手臂戴著臂章的三名男子站到明晰前面。三人的體格都很強壯，從臂章的圖案來看，他們是巡邏團的成員。

「那個傢伙一反抗起來，可不是普通的難纏。我們三人合力才終於將他塞進網子裡，但他還是繼續抵抗，我們擔心一不留神捕獸網就會被他咬斷……所以才將他關進這個之前做來關狼的籠子裡。」

「喂喂喂，再怎麼說，人也沒辦法咬斷捕獸網吧？」

「恕我直言，明晰大人，那可是非者。他是從可怕的死亡森林跑出來的不祥之物，跟我們完全不同。天知道他的牙齒有多銳利……」

這時籠子再度劇烈晃動，並且傳出吼叫聲。好奇圍觀的民眾頓時嚇得往後退。眾人表情僵硬，七嘴八舌地說：「好可怕。」「那是非者耶。」「是從禁止進入的森林跑出來的嗎……？」

「您看吧，明晰大人。那個傢伙就是這麼凶，簡直跟野獸沒兩樣。」

「不，他不是野獸……聽我說，諸位順英之民。」

明晰環視周圍的人群這麼說。民眾一同閉上嘴巴，並且雙手合十，不過手掌根部略微分開，以這個動作對娑門表示敬意。

「非者也是人。雖然住在禁止進入的森林深處，不與我們往來，但他們同樣是人。」

明晰斬釘截鐵地這麼說，民眾聞言露出疑惑不解的表情。

「據說──在很久以前的某個時代，我們也曾與他們一起生活過。既然如此，他們可以算是我們的古老同胞吧。」

以明晰的口才而言，這番言論稍嫌語焉不詳。但是這也沒辦法，畢竟非者的相關紀錄，都保存在相當古老的文獻裡。

「可是，非者是罪人對吧……」

一位抱著幼兒的母親有些顧忌地開口道。明晰備受民眾信賴，故有時也會像這樣面臨民眾提問。

「就是因為他們犯下不可饒恕的罪過……才會觸怒如來，被驅逐到棲息著可怕野獸的森林深處吧？」

那副害怕的表情，充分展現出一位母親想讓自己的孩子遠離危險的心情。對順英人而言，非者就是如此可怕的事物。他們並不是在書上讀到這樣的記述，而是父母告訴孩子這個故事，然後就這麼一代一代地流傳下去。

明晰露出為難的表情。

因為他不曉得，這個故事是否正確。就連娑門才能取得的文獻，當中有關非者的記載也不甚詳盡。目前普遍的看法是，當時可能發生了什麼不幸的狀況，導致原本生活在這塊土地上的部分居民被趕進了森林。

明晰看著觀風，似乎在催促他「你也說點什麼啊」。觀風的視線先是短暫地與明晰交會，接著投向天空。他並不是在觀察雲或風的狀態。觀風思考的時候，都會習慣性地望著天空。

那麼，該如何平息這場騷動呢？

籠子再度傳出聲音。

這次的聲音聽起來像低哼或呻吟。那名非者被關在這個連要伸展身體都沒辦法的籠子裡，究竟已過了幾個小時呢？觀風再度靠近籠子，探頭察看。捕獸網裡的非者……身上還蓋著草蓆，他就在草蓆底下不斷發抖。

他很害怕嗎？

是因為害怕，才會那樣大吼大叫嗎？

那團身影突然不動了，看上去亦像是癱軟無力。觀風又靠得更近一點，並伸手觸碰籠子。背後傳來托瓦的制止聲，不過籠子看起來很牢固，因此觀風判斷沒有危險。

就在他彎下身子，打算進一步仔細觀察蜷縮在裡面的人時——

籠子傳出咆哮，或者該說是嘶吼。

與此同時，非者的手臂從籠子的空隙伸了出來，染著血的手掌逼近觀風的眼前。雖然他立刻往後退，頭髮仍被對方抓住。

視線交會。

非者的虹膜，是帶了金色與黃色的紅色——顏色亦近似火紅的朝霞。

觀風一時間忘了呼吸。

從未見過的瞳色，令他驚嘆不已。而且他不只驚嘆，內心確實還產生了其他的情感。觀風感到困惑，因為這是他第一次體驗到的強烈情感。他不知道要如何稱呼這種情感。不曉得是不是未知的情感令他不安，心跳加快了。

整個人無法動彈。

朱色……不對，應該稱為丹色吧。

自己就好似被縫在這個顏色上。被火紅眼眸束縛住的同時，觀風體認到自己誤會了。這個人根本就不害怕。

那是憤怒的眼神。

是自尊甚高的人，尊嚴受損時的眼神。

「放手！不然就砍斷你的手喔！」

觀風回過神來，發現手持柴刀的巡邏員就站在一旁。就算語言不通，非者也曉得那把柴刀代表什麼意思吧，他立刻將手縮了回去。

「觀、觀風大人，您的頭髮……」

見托瓦十分慌張，觀風冷靜地回了一句「沒事」並站起來。

銀髮沾到血了。雖然眼珠的顏色不同於珂璉人與順英人，不過……血同樣都是紅色的呢。觀風在心裡想著這種理所當然的事。

「那個人的傷很嚴重嗎？」

起身之後，觀風這麼問托瓦。

「他的腳踝被套索陷阱勒住。因為不是踩中捕獸夾，腳傷應該不嚴重……不過，被抓到時他似乎抵抗得很厲害，因而遭到毆打……觀風大人、明晰大人，請問該怎麼辦呢？如果是順英之民，竊盜便是處以鞭刑及勞役，但……」

聽到托瓦這麼問，其中一名巡邏員插嘴道：「這個傢伙是非者耶，不適用我們的律法啦。」周圍的民眾聞言也都點頭表示贊同。

「說到底，我們連語言都不通。」

「就是說啊，畢竟他是非者嘛。」

「不能留在城裡吧，把他趕回森林啦。」

「不行，之後搞不好又會跑來偷東西……不如把手指全砍斷，再把他趕回去吧？」

某個人如此提議後，絕大多數的人都陷入沉默。

但也有幾個人喃喃地說：「就這麼辦吧。」在阿迦耆，斷指是一種相當重的刑罰，用來處罰竊盜慣犯或犯下暴行者。至於十指全砍斷的重刑，更是幾十年才可能發生一次。

「慢著……讓他活著回去，萬一他又帶著同伴回來該怎麼辦？我們會遭到報復的。」

另一名男子這麼說，這次眾人都不發一語。既然這樣只能殺死他了……想必大家的內心都閃過這個想法吧。

「可是……如來聖者講求寬容……」

托瓦稍稍壓低聲音這麼說，一名年長者隨即反駁他：「雖然如來聖者叫我們要寬容，但寬容的對象是阿迦奢的人民吧？」

「因為，如來聖者保護的是阿迦奢嘛。非者跟我們不一樣，不是阿迦奢的人。他們本來就是罪人耶。再說……萬一跑來報復的傢伙，搶走了我們的糧食……不，要是他們抓走孩子們該怎麼辦？」

「這怎麼得了，我們必須保護孩子們。」

「既然這樣就不能讓這傢伙回森林。」

「可是啊，下手的人不會遭到詛咒嗎？森林裡的那些傢伙不知道會做什麼耶……？」

「要不然就丟著不管，讓他餓死吧？」

「沒錯，只要不給他水喝，過幾天他就會自己死掉。」

為了不弄髒自己的手，民眾想出了更加殘酷的辦法。明晰越聽越不對勁，連忙大喊「慢著慢著，先等一下」，出面勸阻並告誡眾人。

「你們若存有這麼殘酷的念頭，如來可是會難過的喔。我們不能殺他，也不能丟著不管。說到底，所謂的罪人是指很久以前的非者。他們被逐出舒適的土地，遷移至禁止進入的森林，以這種方式贖了自身的罪，因此這件事早已有個了斷。」

「可是，明晰大人。」

其中一名巡邏員擺出不能接受的表情。

「魯馬爾，你聽我說。」明晰喚了那位巡邏員的名字。觀風忍不住在心裡佩服他「記性真好啊」。能夠被高階婆門呼喚名字是很光榮的事，男子恭敬地應了一聲：「是！」

「假設你爺爺的爺爺的爺爺曾在三百年前，因為肚子實在餓得受不了而偷挖田裡的地瓜，結果被人發現，受了鞭刑。」

「呃、是……」

「三百年後的現在，那位地主的子孫手持鞭子跑去罵你：『竟敢偷我們家的地瓜！』你會乖乖挨打嗎？」

「不會……因為……偷地瓜的人是我爺爺的爺爺的爺爺，不是我……」

「對吧？所以，這個非者同樣是無辜的。」

「呃，可是，明晰大人，這個傢伙偷了麵包和軟膏耶。不是他爺爺的爺爺的爺爺，是他自己偷的。」

「說得也是呢，」明晰點了點頭，「既然這樣，這個非者就只犯了偷麵包、水果和軟膏的罪……觀風啊，你不這麼認為嗎？」

觀風默默無語，冷靜地點頭。

先由能言善辯的明晰滔滔不絕地曉以大義，最後觀風再點頭表示贊同……這樣的情節時常上演。由於明晰說的話淺顯易懂，民眾不難理解，平常觀風都沒機會出場。

不過，今天……

「鞭刑與勞役，就由我來執行。」

觀風開口道。明晰聞言「咦？」了一聲，瞪大眼睛看著他。民眾也全露出吃驚的表情。

「這個非者就由我帶回去吧。」

「咦？呃，先等一……」

「城裡的諸位，儘管放心吧。」觀風不理會明晰驚呆的制止聲，繼續對眾人說。「看來這個非者確實粗野又危險。既然如此，交給娑門處理比較妥當吧。何況，沒有比我的中庭更安全的地方了。空中有大黑看守，地上則有小小監視。」

聽了觀風的說明後，民眾紛紛竊竊私語：「的確是呢。」「對喔，既然有大黑在……」大黑是觀風馴服的大烏鴉，民眾時常看到牠在城市上空飛翔，所以都認識牠。至於小小，絕大多數的人都沒見過牠。

「小小的爪子很銳利喔！」

一名埋沒在人牆中的少年……小陶，突然探出頭來對大人們這麼說。原來他也在現場，觀風完全沒發現。

「……喂，不要擅作主張。」

明晰小聲勸阻觀風。

「非者上一次現身，我都不記得是幾十年前的事了。如果不把他交給評議會，事後會引發糾紛。【秩序娑門】可是很囉嗦的。」

「我想也是吧。不過，他有可能在等評議會做出結論的期間喪命。」

觀風如此回答，並拿起一撮染紅的銀髮給明晰看。看得出來那個非者流了很多血。「話是這麼說沒錯啦……」明晰注視著籠子好一會兒，露出猶豫的表情。籠內已安靜下來，裡面的人一動也不動。

「……雖然我覺得不太可能……你說要帶回去，應該不是抱著跟撿到小小那時一樣的心情吧？」

見明晰對自己投以充滿質疑的目光，觀風輕輕瞪了回去。

「怎麼可能。我才不會把貓跟非者混為一談。」

「啊，你瞪我呢。你心虛的時候，都會直視別人的眼睛。」

「你這是在找碴。」

明晰接著走到觀風旁邊，以壓得更低的聲音說：「聽好了，那是人，可不能養喔？」面對朋友的玩笑話，觀風皺眉嘆氣，直接回他一句「無聊」。

「才不無聊。你對人沒什麼興趣，卻很喜歡稀奇的生物不是嗎？說到你家的中庭，根本就是小型動物園。前陣子還把農家小孩抓到的、會發光的壁虎……」

「那是蠑螈。」

「都一樣啦，總之你老是把稀奇的東西……」

「蠑螈和壁虎是不同類的生物。這樣你還敢自稱明晰啊？」

遭觀風這麼吐槽，明晰頓時瞠目結舌無言以對。

觀風便趁這個時候再度靠近籠子，詢問魯馬爾：「你們能幫我搬到家裡嗎？」

儘管魯馬爾仍有些猶豫不決，最終還是點頭答應，並以眼神示意其他的巡邏員。

雖然比不上明晰，不過觀風同樣很受民眾的信賴。

不久就有人推來一輛載貨的大板車，看來他們打算連同籠子一起運走。但是，當那幾名男子靠近籠子時，裡面再度傳出低吼聲。

「拿一塊大的布蓋住籠子就好。」

觀風這麼說。因為鳥獸也是待在暗處會比較冷靜。於是，賣水果的攤販將頂棚拆下來借給他們。

一蓋上頂棚布，籠內就安靜下來。

四個大男人合力將籠子搬到板車上時，籠內的非者同樣毫無動作與聲音。

「我就先回去了。至於帶路的工作……」

觀風話才說到一半，小陶就立刻舉手自薦，但觀風緩慢地搖了搖頭。讓一個小孩子同行，萬一遇到緊急情況就危險了。

「我派牠從空中帶路好了。」

語畢，觀風抬起目光。看來今天早上的預測失準了。雖然此刻仍舊是陰天，不過雲縫間隱約可見藍天。風勢也不怎麼強勁。

觀風從披肩內側取出掛在脖子上的鳥笛，輕輕含住。這是父親生前，為觀風製作的鳥笛。雖然外觀有點醜，笛聲卻很響亮。

鳥笛的高音直衝天際。

之前注意力全放在籠子上的民眾，這時一同望向天空。

「啊。」

叫出聲音的人是小陶。

這名少年的視力非常好。此時大黑的身影尚只是一個小點，他卻比任何人都還要早發現牠。明晰抬手遮在眼睛上方，往小陶所指的方向尋找大黑的身影。

觀風以獨特的節奏持續吹著鳥笛。

大黑的身影越來越大。

「哎呀，每次看到這幅景象都覺得好壯觀啊。」耳邊傳來某個人的讚嘆聲。順英之民時常看到在空中悠然翱翔的大黑，卻鮮少有機會近距離見到牠的模樣。因為大黑不會降落在人多的城市裡。

不過，若是觀風命令牠就另當別論了。聰明的大烏鴉聽懂笛聲的意思，毫不遲疑地接近這裡。

不久民眾便鼓譟起來。

因為他們發現，大黑的體型比自己所想的還要大。

這也難怪。畢竟天空與地面之間的遠近感不易掌握，而且平時見慣的普通烏鴉也影響了他們的判斷。

但是，大黑不是普通的烏鴉。

當牠接近到聽得見振翅聲的距離時，順英之民各個驚慌失措、四處逃竄。有些人嚇得貼在建築物牆邊，有些人躲在載貨板車的後面……只有小陶仍留在原地。

「喂——！大黑，你今天也很威風呢！」

他對著大烏鴉如此稱讚。

拍動的翅膀颳起一陣風，大黑來到了觀風的上方。

銀髮被風吹亂，閃動著光芒。

觀風用手比著堆在附近、用來釀造發酵酒的木桶，大黑隨即相當小心地降落在上面。牠知道要站在哪裡才能保持絕妙的平衡，以免那堆木桶倒下來。

民眾全都目瞪口呆，注視著那隻巨大的烏鴉。

大黑不過是「啊啊——！」地叫了一聲，民眾全嚇了一跳縮著身子。牠或許是在打招呼，只不過聲音實在太大了。身長約二肘（一公尺），翅膀張開的長度則大約是身長的兩倍半吧。牠的鉤爪可一把抓住小隻的狗兒。

「麻煩你帶這輛載貨板車前往我家。」

觀風對著大黑這麼說。

當然，就算大黑再聰明也不代表牠聽得懂人話。觀風一邊說，一邊比手勢。看上去就像是動作很大的手語，觀察力佳的大黑看懂了幾道指令。

烏鴉獨特的粗啞叫聲，再度響徹這一帶。

大黑藉著拍動翅膀的作用力，跳上石造店鋪的屋頂。但是，之後就停在那裡不動了。牠看著天空，再次叫了一聲，然後又一動也不動。散開的民眾提心吊膽地走出來，再度聚集到觀風他們的周圍。

「請、請問，觀風大人……大黑牠、啊不，大黑大人怎麼了……」

魯馬爾這麼問，觀風聽了之後，先是告訴他：「沒必要以大人稱呼烏鴉吧。」

明晰聽著兩人的對話，在一旁咯咯笑著。

「大黑正在等待。」

觀風接著這樣回答，並跟大黑一樣看著同個方向的天空。魯馬爾用客氣的口吻再度詢問：「在等什麼呢？」

「——等風。」

當觀風如此回答時，薄雲已有一部分變得破碎，光線穿過雲縫投射到地上。

隨後就來了。

風來了，大黑的體型過大，因此不擅長從低處起飛，剛才牠是在等上升風。牠乘著這股瞬間往上吹的氣流，再度飛上空中。

這陣風也把觀風的銀髮吹亂，然而此刻他卻覺得很舒服。

民眾紛紛發出驚嘆聲，望著耀眼的天空。大黑越飛越高，最後停在固定的高度盤旋起來。

牠在等載貨板車出發。

魯馬爾注意到這點，不由得讚嘆大黑真的很聰明，於是他立即呼叫同伴們。

「走吧！」

載著籠子的板車，嘎吱嘎吱地轉動車輪向前行進。

# 第二章 紅玉髓之瞳

如同前述，觀風的私宅位在珂璉之崗上。

那是一座有著神聖的石塔、排水良好、視野遼闊的壯麗山崗。能夠住在那裡的只有奠定阿迦奢基礎的人種，也就是珂璉人——這並非記錄在某處的規則，而是阿迦奢這塊土地流傳已久的習俗或常識。

住在山麓的順英之民不曾質疑這件事。

畢竟自古以來一直都是如此，更何況他們本來就不想住在山崗上。原因很單純，對於要在城裡或農地勞動的順英之民而言，住在山崗上非常不方便。不僅來回需要騎馬，而且太花時間了。

反觀珂璉人幾乎不勞動。

像觀風這樣的聖職者必須將自己的一生奉獻給如來。雖然他們要履行儀式與信仰方面的職責，但那並非勞動。

不過，儘管不算勞動，具備特定「任務」的珂璉人倒也不少。

說到底，娑門在珂璉人當中只占一小部分。絕大多數的珂璉人都過著管理自身財產的生活。據說從前有個名詞叫做「貴族」，而珂璉人可說是近似貴族的階層。

珂璉人擁有的財產五花八門，不過共通點是全為順英之民無法生產的東西，例如特殊的藥劑、經過改良的種子或幼苗等等。

正因為他們擁有並管理這類特殊的財產，且願意分享而不獨占這些東西，順英人才會尊敬珂璉人。順英人認為珂璉人是特別的天選之人，其中又以娑門格外受到尊敬。

除此之外，兩者的外貌與壽命也有很大的差異。

珂璉人與順英人的身高差距極大，不免讓人聯想到大人與小孩，抑或保護者與被保護者。

另外，順英人的平均壽命大約是六十歲，珂璉人則是一百五十歲左右，比前者長壽一倍以上。珂璉人的外表也老化得很慢，在三十歲到一百二十歲這段時期，他們的容貌幾乎維持不變。

總之在阿迦奢，珂璉人就像這樣和平統治著順英人。

不過這個世界，還有不屬於這兩者的少數人種。

生活在森林這片禁地的非者就是其中之一。阿迦奢是指包括珂璉之崗、熱鬧的城市、周邊村莊的農地與牧草地在內的區域。北方是一望無垠的荒野，往東走則有山脈阻擋。西南邊的農地前方與禁止進入的森林相接，森林的另一邊則有險峻的山岳。

為了獲得木材，村民會進入森林的最外圍區域，但過了某個地點後就絕對不踏進一步。這是因為，傳說森林裡有像怪物一樣的野獸會攻擊人類。像怪物一樣……姑且不論這則傳說是真是假，森林裡確實棲息著危險的野獸吧。

據說非者就住在那片禁止進入的森林裡。

而目擊到非者的機會，大約十年才可能發生一次。

絕大多數的情況都是只在森林的入口附近，遠遠地看到非者的身影。而且，遇到非者的人是這麼形容他們的：

毛髮濃密。長著獠牙。像動物一般嗥叫。

不對，聲音很尖銳。臉都融化了。不對不對，是絕世美女——諸如此類。

總而言之，這些目擊證詞的可信度非常低。

畢竟森林裡有許多遮擋視線的東西，而且目擊者還是從遠處望去，根本不可能看得清楚。到頭來，非者始終是個神祕又令人害怕的種族。

沒錯，直到今天為止。

關著非者的籠子，搬到了觀風家的庭院。

搬運過程中，蓋著頂棚布的籠內似乎一直都很安靜。觀風送了一桶葡萄酒給幫忙搬運籠子的民眾，並保證會嚴格看管非者，要眾人不用擔心，然後就讓他們帶著謝禮離開了。

「你連我都要趕回去嗎？」

此外，觀風也請一臉不服氣的明晰回家。不想聽明晰說東說西在一旁插嘴固然是一個原因，但更重要的是觀風不曉得接下來會發生什麼事。

如果發生問題，而明晰也在場的話，兩人會一起被追究責任。觀風不想把多年的損友捲進去。

所有人都離開後，大宅便恢復了寂靜。

月光灑落於中庭，而籠子就置於冷輝之下。

籠內沒有半點動靜。掀起頂棚布一看，發現非者軟綿綿地蜷縮在草蓆下。他是昏過去了，還是在演戲呢……

「小小。」

觀風呼叫他飼養的貓。

在中庭裡自在生活的愛貓，隨即撥開草叢出現在眼前。牠注意到籠子，嗅著氣味繞了一圈。宛如新雪的白毛並未豎起，也無任何異狀。之後，牠開始用下巴磨蹭籠子的邊角，留下自己的氣味。既然小小判斷很安全，暫時就可以放心了。小小將自己的重量壓在籠子上，籠子因而略微傾斜，籠內的非者也隨之滑動，但他依舊沒有任何反應。

該不會……不安的情緒湧上心頭。

他是不是已經死了呢？

這個眼睛如此漂亮的生物……死掉了嗎？

觀風讓小小待在自己的旁邊，小心翼翼地解開籠子的鎖。非者的樣子沒有任何變化。觀風彎下腰，上半身鑽進籠內，將裹著草蓆的非者抱出來。他的身體依舊綿軟無力。

觀風讓他仰躺在柔軟的草坪上。

小小再度湊過來嗅聞氣味，觀風見狀便說「現在不行」，將牠趕開。

觀風觸摸非者的頸動脈，發現他還有脈搏。

將手擺在微啟的嘴脣上方，也能感覺到吐出的氣息。他還活著。接著將手貼在額頭上，感受到的體溫令觀風皺起眉頭。說不定他是因為發高燒而失去意識。觀風想要仔細檢查他的外傷，但夜晚的中庭亮度不足。

觀風將非者抱起來，帶進屋內。

他的身高大約三肘半吧。雖然個子比順英之民高，身材卻很纖細苗條，因此觀風能輕鬆地抱著走。

觀風讓他躺在鮮少使用的客房床榻上，接著擺上三盞燈做為照明。

非者被打得鼻青臉腫，臉上沾黏著泥土與血液，不過仍看得出來他很年輕。如果非者的年紀算法跟順英人差不多，他看起來只有十六、七歲。皮膚是比順英人略深的米色，質感獨特，摸起來就好似皮膚上塗了一層薄蠟——尤其肩膀到後背這一帶感覺特別厚。

黑色的頭髮不僅髒兮兮的，而且還亂成一團。

那頭長髮原本似乎是編成複雜的髮型，但現在大部分的髮辮都鬆開纏在一起，此外還沾滿泥土而結塊變硬。上半身赤裸，下衣則穿著僅腳踝處收緊的寬鬆布褲。由於褲子沾滿了血與泥土，觀風也將它脫掉。褻褲的樣式跟順英之民穿的很像，是以布纏裹下半身。

觀風讓他躺著，稍微扶起他的頭。

「……唔。」

非者發出聽似難受的哼聲，但眼皮並未掀開。

觀風將陶杯湊到他的唇邊，試著餵他喝加了鹽與蜂蜜的溫水。

由於非者意識模糊，起初大半的水都流了出來。不過，也許是身體出於本能，判斷這是自己需要的水分吧，漸漸地他就喝了起來。雖然眼睛微微睜開，但與其說是恢復意識，看起來更像是反射動作，不久眼睛便再度閉上。

喝完之後，他的頭驀地變重，再度無力地垂下。

不過，呼吸聲聽起來穩定了一點。

聽說他踩中了陷阱，觀風決定從腳踝的傷開始檢查。基本的人體知識是娑門必須具備的通識素養之一，因此觀風也有辦法處理一定程度的傷勢。

非者的傷口不深，但腫得很厲害。看起來並未骨折，不過他的腳似乎扭到了。身上的小擦傷、小割傷多到數不清，側腹有大片明顯的瘀血，應該是反抗那些巡邏員時造成的吧。但願他的肋骨沒有裂開。

當中最讓觀風擔心的是，大腿上的刺傷。

傷口雖然很小，但是很深。這不是箭傷嗎？

可是順英人不狩獵，理應不太有機會使用弓箭才對。儘管覺得奇怪，觀風還是去準備水盆與乾淨的布，幫他清洗傷口。摸了摸傷口的周圍，發現皮膚發熱且腫起。看來裡面化膿了……果然很奇怪。聽說他是今天早上才跟順英人發生衝突。若真是如此，化膿成這樣也太快了。而且從傷口的狀態來看，那比較像是更早之前受的傷。

就觀風的診斷，非者會發高燒多半是刺傷化膿引起的。

請治癒過來看看應該就能知道更詳細的原因，但他同樣是觀風不想牽連的朋友之一。正確來說，不善交際的觀風除了明晰與治癒外，就沒有真心當成朋友的人了。他的家人也都不在世上了。

以珂璉人的壽命而言，觀風的父母都很早逝。嚴厲的祖父也在觀風成為娑門之前就過世，雖然曾祖父活得非常久，但因為他當上了賢者，半輩子都在如來之塔裡度過。觀風獨自住在這幢大宅裡，不知已過了幾十年。

這時非者發出呻吟聲，呼吸再度紊亂起來。

只見他汗出如漿，渾身發抖。這是不好的徵兆。聽說人的體溫會升高，是因為身體的自我防衛機能正在對抗入侵的細菌。如果能靠自己的抵抗力抵擋細菌的攻勢當然最好，但抵禦不了的話細菌就會擴散，導致體內不斷發炎，嚴重時甚至會致死。

要是有能夠消滅細菌，又不會損害身體的藥就好了……從前的人們應該都如此渴望吧。

而現在，這種藥確實存在。

「珂璉的奇蹟」——相傳是如來傳授珂璉人此藥的製法。顧名思義，這是可期待奇蹟般功效的藥。

退燒的藥草茶完全無法與之比擬。當然，這種藥並非對所有的發燒或發炎症狀都有效，不過珂璉人依據經驗，大致曉得「珂璉的奇蹟」適用於何種情況。由於不易製作、數量有限，「珂璉的奇蹟」受到嚴格的管理，即便在珂璉人的家裡也不是隨時都備有這種藥。另外，使用者的優先順序也有嚴格規定。

如果是身為高階娑門的觀風自己要用，管理者會立刻幫他準備吧，但對方絕對不可能同意將藥用在非者身上。畢竟有些時候，就連順英人都無法取得這種藥。

幫年輕人把脈的同時，觀風陷入思考。

他不想讓這名年輕人死去。

如果再也看不到那雙漂亮的眼眸——那火紅的朝霞色，這樣未免太可惜了。即便是罪人的子孫、即便是住在森林裡的外人，觀風仍舊想讓這個人活下去。

為什麼會有這個念頭呢？連他自己也不清楚。

觀風對他人不感興趣，甚至還有石像之稱，但他很喜歡稀奇美麗的生物。難道就像明晰說的，自己把這個非者當成了跟大黑或小小一樣的珍奇物種嗎？

無論如何，現在沒時間思索這些事了。

觀風先離開現場，然後帶著經過煮沸消毒的小刀，以及有止膿效果的藥草回來。藥草放進乳缽裡，搗成糊狀。頭髮很礙事，於是他將頭髮紮在背後。

接著將一盞燈挪到手邊，擺在可讓他看清楚非者大腿的位置。

然後拿起小刀。

再一次確定腫起來的地方後，觀風小心翼翼地切開傷口。血流了出來，非者忍不住呻吟，不過身體幾乎沒有亂動掙扎。非者現在處於昏迷狀態，反而方便觀風處理傷口。畢竟若要將傷口裡的膿液排出來，就只能製造新的傷口，而這個行為會產生疼痛。

觀風用乾淨的布擦掉血水，然後加壓傷口。

雖然擠出了一些混濁的體液，但量不如預期的多。觀風繼續壓迫傷口周圍的幾個地方，但依舊只滲出一點點而已。看來累積膿液的地方太深，不容易擠出體表。然而若劃出更深的傷口，就會傷及粗血管。出血量變多的話，同樣會有生命危險。

既然這樣……觀風彎下身子。

他將嘴貼在大腿的傷口上，試著把膿液吸出來。

內心沒有一絲遲疑，連他自己都感到不可思議。成為娑門後觀風就幾乎不再觸碰他人，更遑論接吻之類的行為。如今他的親吻對象，就只有如來像的腳而已。

不過，對象若是獸類那就另當別論了。

小小還是小貓的時候，觀風也曾像這樣幫牠處理化膿的傷口。此刻的行為或許就接近這種感覺。觀風總是竭盡全力，救治自己收容的獸類。

這次終於成功將膿液吸了出來。觀風將膿液吐在水盆裡，然後漱口。重複幾次一樣的動作後，傷口就吸不出膿液了。觀風仔細地重新漱口，保險起見還嚼了有殺菌作用的藥草。接著再次清洗非者的傷口，然後塗上藥草糊，再蓋上一塊布。

其他的小傷也在清理之後塗上軟膏，腳踝則貼上降溫的藥布。此外也在有粗血管經過的部位，即頸部、腋下與鼠蹊部貼上同樣的藥布，非者的眉頭稍稍放鬆，大概是清涼感令他舒服了一點吧。如果有冰塊就更好了，但往返冰室要花半天。

現在自己能做的就是這些了。

之後就看這個人的體力吧。

觀風只留下一盞燈，然後將椅子拉到床榻旁邊，坐了下來。疲勞感突然排山倒海而來，他不禁吐了一口氣。

為什麼會這麼累呢？

今天確實是很匆忙的一天，但自己也沒做什麼很花體力的事。不過，自己的心……自己的情緒，好像一反常態出現了波動。

——世上既沒有不會沉沒的船，也沒有如止水一般毫無波動的心啦。

他想起明晰那句話。

原來如此，自己的心或許真的起了一點波動。因為那雙眸子實在太漂亮了，自己才會想把他留在身邊。從小自己就很喜歡稀奇美麗的生物。只不過這次遇到的生物，是有著丹色眼珠的非者，如此罷了。觀風這麼向自己解釋，並將身體靠在椅背上。

不知不覺間，自己也墜入了夢鄉。

黎明時分，非者的燒已退了不少。

是該慶幸自己有幫他排膿，還是說他的抵抗力本來就很強呢？無論如何，自己暫時可以放心了，但這樣一來便出現新的問題。

為了因應這個問題，觀風準備了腳鐐與鎖鏈。

鎖鏈的其中一端纏繞著床柱並加上鎖頭。鎖鏈本身的長度不短，足以讓非者從床上起身，自行走到洗臉檯或陶瓷便桶那兒，也能在窗戶附近晒太陽。

觀風趁非者還在睡覺的時候，將金屬環戴在沒扭傷的那隻腳踝上。他的呼吸已變得很平順了。

既然退燒了，等他清醒後也該吃點東西。

觀風如此想道，於是準備了牛奶粥與水果。他將無花果切成方便食用的小塊狀，牛奶粥則加了有營養的蜂蜜。此外還泡了有消炎作用的溫藥草茶，倒進杯子裡。由於觀風已告知家僕小陶「暫時不用來了」，這一切都是他自行準備的。觀風端著裝有水果與粥的大托盤，邊走邊想：簡直就像是在招待客人哪。

至於清醒後的非者，面對觀風的招待則是——

「……你還真有禮貌呢。」

掉在地上的托盤。

底部朝上的容器與灑出來的粥，以及散落一地、砸爛的無花果。

觀風望著這些東西的慘狀喃喃說道。

他並不是對著坐在床上表露憤怒與激動情緒的非者說這句話，而是類似自言自語。畢竟雙方本來就語言不通。此刻他也完全聽不懂非者在大吼大叫什麼，不過肯定是在罵他吧。

「救下你，幫你治療，還準備食物給你吃，沒想到卻得到這樣的回報……不過，看你很有精神，真是太好了。欸，別那麼用力拉扯鎖鏈，這麼做只會弄痛你的腳踝。」

觀風勸阻將鎖鏈扯得叮噹作響、試圖掙脫束縛的非者。就算這句話他同樣聽不懂，只要自己保持溫和的口氣，或許他就會明白自己並無敵意。

為了避免自己受到危害，觀風將椅子擺在稍遠的位置，然後坐了下來。

接下來的一段時間，觀風只是看著大吵大鬧的非者。

那對丹色的眸子，自骯髒的髮間迸出憤怒的火光。感受得到生命力的目光固然美麗，他的行為舉止卻充滿野性，簡直就像是一頭暴跳如雷的野獸。他拉扯鎖鏈、把枕頭扔出去，下了床後因為腳踝痛而踉蹌了一下，但他仍不屈不撓地走到窗邊，拍打玻璃……看上去亦像個鬧脾氣的小孩子。

無論如何，他的行為舉止難以稱得上理性。

傻眼歸傻眼，觀風仍繼續觀察他。發現自己無法打破厚玻璃窗後，非者接著衝向露臺。為了讓空氣流通，通往露臺的那扇門是敞開的。不消說，鎖鏈的長度當然不夠他抵達露臺。由於沒確認這一點就衝了過去，非者狠狠地往前一撲摔在地上。

觀風立即站起來，不過隨後就看到非者懊惱地捶打起地板，於是觀風又立刻坐回去。看樣子沒有撞到頭。

大概是覺得拳頭很痛吧，非者停手不再捶打地板。

但是他並未爬起來，而是繼續趴在那裡。

「畢竟昨天才發了高燒嘛，而且那樣大吵大鬧也是會累的。再不快點回到床上，你又會發燒喔。」

說這句話的同時，觀風發覺今天早上的自己話還真多呢。

平時的觀風是個寡言少語的人。雖然他會在心裡仔細思索，卻不太會將自己的想法說出口。此外，他的個性也不愛跟人閒聊。他能夠正常交談的對象，頂多只有明晰與治癒而已，可還是常被兩人抱怨「未免太惜字如金了」。平常他也鮮少像這樣自言自語……看來對象若是語言不通的人，他就有辦法毫無顧忌地侃侃而談。

非者依舊趴在地上，渾身無力。

那副模樣既愚蠢，又可憐，令人目不忍視。接下來該怎麼辦呢？自己必須把他帶回床上，但隨便靠近也很危險吧……正當觀風如此思考時，耳裡傳入啪沙啪沙的振翅聲。

那巨大的聲響，明顯不同於鴿子們的鼓翼聲。

觀風看向露臺，發現大黑正往這裡接近。

非者立刻抬起頭。

他張大眼睛，凝視那隻龐大的烏鴉。

觀風立即起身，快步經過非者的旁邊來到露臺上。

然後，對著飛近的大黑吹鳥笛。由於距離近得能感受到翅膀颳起的風，故不需要吹得很大聲。觀風輕輕吹著間隔短促的笛聲。這種笛聲代表安全、無害、不用擔心等意思。

這隻大烏鴉雖然認觀風為主人，但是並不親人。

大黑現在才見到原本一直關在籠子裡的非者，對牠而言非者正是突然出現在自己的地盤裡、新來的陌生人。可以想見牠會衝進房間，用巨大的鳥喙攻擊非者，為了避免這種情形發生，觀風才會趕緊吹鳥笛。

「……大黑，你怎麼了？」

然而，大黑的樣子很不對勁。

雖然聽到了笛聲，牠的情緒依舊很激動。

但大黑並不是打算攻擊。牠先是停在露臺的欄杆上，接著又立刻飛起來，在稍遠的空中發出一聲高亢的啼叫。之後牠在大宅的上空盤旋，緊接著又降低高度，一會兒接近露臺，一會兒又遠離露臺。

顯然是在警戒什麼東西。

不，豈止是警戒，牠看起來甚至像是在害怕。雖然很想離開這裡，但又不能留下觀風……就是這種感覺。

「大黑，冷靜。你在害怕什麼？你是天空的霸者吧？」

觀風這麼說後，大黑再度停在欄杆上。

他輕握拳頭將手伸過去，大黑便用鳥嘴側面磨蹭那隻手。牠在撒嬌。能夠像這樣觸摸大黑的人，當然只有觀風而已。

「好孩子，你真的很聰明呢。既聰明，又美麗。昨天還幫忙帶路，幫了我大忙。趴在那邊的是昨天待在籠子裡的人。雖然剛剛大吵大鬧，不過他戴著腳鐐，所以不用擔心。就算沒戴腳鐐，他也不是你的敵人喔。」

這般安撫之後，大黑似乎恢復了冷靜。牠「咯咯！」地輕輕叫了幾聲後，再度拍動翅膀，這次真的回到了空中。

觀風轉身，發現仍趴在地上的非者以手肘稍稍撐起上半身。

他的視線追著逐漸遠去的大黑。

那對丹色的眸子很冷靜，現已不見慍色。一發現觀風在看自己，非者便擺出有點不高興的表情瞪了回去。

之後他懶洋洋地站起來。

大概是大吵大鬧後覺得很累吧，看來他放棄抵抗了。

非者搖搖晃晃地朝著床榻走回去，途中他撿起掉在地上的無花果打算放進嘴裡。觀風見狀忍不住制止他：「不要吃！」可能是因為講得太大聲吧，非者嚇了一跳停下動作，看著觀風。

「用不著吃地上的，我會再拿一份新的過來。」

觀風邊說邊左右擺動自己的手。不知是不是明白這個動作代表制止，非者輪流看著無花果與觀風。不過，最後他還是一口吃掉手上的無花果，接著又撿起了一個。

因為他的肚子非常餓。

「欸，別吃……」

在觀風猶豫著是否該強行制止他的期間，非者已吃掉五個砸爛在地上的無花果，接著毫不客氣地用床帳將沾到果汁的手擦乾淨，然後鑽到床上抱住枕頭，嘆了一大口氣——閉上眼睛睡覺。

他睡著了。

不一會兒就聽到入睡的呼吸聲。

觀風愣了半晌，最後安慰自己，至少他還願意吃掉水果。雖然水果砸爛在地上，不過依然攝取得到水分與營養。此外，既然他主動回到床上，就表示他已經想開，明白大吵大鬧一樣逃不了。由此看來，他還是有一點理性與判斷力。

在觀風打掃地板的這段期間，他的呼吸聲同樣很平穩。

到了下午，觀風重新端了一碗粥過來，他也乖乖吃了。全部吃完後，他不斷用湯匙敲著容器。觀風還以為有什麼事，原來他是在要求再來一碗。

進食、睡覺，接著又進食、睡覺——起初很抗拒陶瓷便桶的他最後還是使用了，然後又再進食、睡覺。他幾乎一整天都在睡覺。

野生動物受傷時，都會專心休息努力讓身體復原，而非者的狀態就讓觀風聯想到這件事。他完全不再大吵大鬧，幫他更換蓋住傷口的布時也很安分。他應該也會痛才對，可是表情卻沒什麼變化，一直目不轉睛地看著觀風的動作。

「好奇特的皮膚。」

觀風邊說邊將藥布貼在背部的挫傷瘀青上。

今天是非者來到這幢大宅的第四天。

「角質層很特殊，比我們還要厚。住在森林裡就會變成這樣嗎？聽說森林裡也有很多危險的毒蟲，所以這是用來保護自己避免被蟲叮咬嗎？但只有背部如此，腹部這一側的皮膚卻很正常……難道是因為身體的正面容易保護，而背部不易保護嗎？嗯，那樣的確很合理呢。聽說即便是同一種生物，生活的地方不同，身體也會一代一代地逐漸變化。例如住在寒冷地區的貓，體毛就會一代比一代還長……記得明晰說過，這叫做適應。那小子喜歡看書，也看得懂很多古代文字，是個博學多聞的人。看你一臉疑惑呢。沒關係，你不用理我。我知道你聽不懂，我只是自顧自地說自己想說的罷了……這裡會痛嗎？」

觀風擦拭著上背滲著血的擦傷如此問道，但非者並無任何回應。此刻他正望著露臺。挨揍的臉龐已消腫許多，看得出來他有著即將邁入青年的英俊容貌，不過臉上仍帶了點少年的稚氣。露臺外面，看得到鴿子們拍著翅膀飛掠而過的身影。

「今天是個大晴天。」

觀風也停下手上的作業，望向露臺另一邊的天空說道。

「天空是深藍色，有少許狀如魚鱗的卷積雲，不過雲幾乎沒有移動。風也很微弱。接下來好天氣還會持續一陣子吧。只要一直維持這樣的天氣，麥子的收成就沒問題了。麥子很怕溼氣，要是下雨就傷腦筋了。」

觀風自言自語著，手接著觸碰腹部的瘀青，這時非者顫抖了一下。觀風往他的臉一瞧，便見他瞪著自己像是在抱怨「很痛」。

「這樣啊，原來這邊還是會痛。欸，別亂動。我只是要幫你貼藥布……話說回來，得快點處理你那顆頭才行。」

非者的身體已擦拭過一遍，但那顆比鳥窩還凌亂的頭尚未清理。完好的髮辮與鬆開的髮辮等這些部分糾纏在一起，還沾到泥土而相黏。偏偏非者相當討厭別人碰他的頭髮，觀風連要幫他擦乾淨都沒辦法。

「等箭傷再恢復一些，就帶你去洗澡吧。話雖如此，到時候你一定會抵抗吧，只靠我一個人實在沒辦法……怎麼了？」

非者扯了扯觀風的袖子。

他將手掌貼在自己的腹部上，做出摩挲的動作。

「……肚子餓了嗎？要吃飯嗎？」

非者似乎記住了「吃飯」這個詞，他用力點頭。都已經讓他吃過早餐了，難道肚子又餓了嗎？由於觀風認為非者應該要吃容易消化的食物，這幾天都只讓他吃水果和粥，也許他覺得沒吃飽。

「知道了知道了。今天是尾數為五的日子……是開灶日啊。我去城裡買剛出爐的麵包和肉吧。這幾天沒人來家裡，肉與蔬菜都吃完了。我要出門一陣子，你乖乖在家裡等著。」

觀風自顧自地這麼說，並動手收拾處理傷口用的水盆與布。非者先是一副百無聊賴的樣子望著收拾東西的觀風，而後突然看向露臺，吹了聲指哨。那群傳信鴿聽到清脆的哨聲後，竟然全飛了過來。雖說牠們都是訓練過的鴿子，但看到非者如此輕易地將牠們喚來，仍令觀風頗為吃驚。這是森林之民特有的能力嗎？

「……待會兒羽毛會掉滿床吧。」

就在觀風這般嘀嘀咕咕、準備離開房間時，非者展開了行動。他下床站在床榻旁邊，鎖鏈隨著動作叮噹作響。此刻的他只穿著褻褲。本來要讓他穿上棉製寢衣，結果不一會兒他就脫掉了。那具身軀瘦歸瘦，卻有著柔韌的肌肉，這是為了在森林裡生存而培養出來的體格嗎？

「在這裡等我。」

觀風稍稍抬起右手，將掌心朝向地板並這麼說。非者似乎明白這個手勢代表制止，他沒有再做出其他舉動。

不過，從瀏海之間投射而來的目光，仍舊難以稱得上順從。然而那也不是明確的敵意，感覺像是在謹慎觀察觀風的態度。

畢竟他已恢復到這麼有精神的狀態，就算考慮逃走也不奇怪。

觀風再度走近床榻，重新檢查一次非者的腳鐐與鎖鏈。兩者完全沒有鬆脫，而且不管怎麼想那都無法憑人的力氣弄斷。觀風也把鴿子趕到外面，然後關上通往露臺的門。房內頓時變得昏暗，看不清楚非者的表情。

「我買完食物就回來。」

明知道對方聽不懂仍跟他說話，這種行為都快要變成習慣了。不消說，非者依然沒有回應觀風。

之後觀風便拿著外出用的外套，出發前往城市。取名為初雪的白色愛馬心情不太好，多半是因為馬廄沒打掃乾淨吧。先不說屋內積了一些灰塵，家裡的那些生物可不能缺少照顧。觀風一個人能做的事實在有限。何況非者也不再大吵大鬧，差不多該把小陶叫回來工作了。那孩子很機靈，而且不會違背命令。

只要好好地囑咐小陶，他就不會把非者的事張揚出去吧。

觀風思索著這件事，騎馬下了山崗。

將初雪拴在平常使用的拴馬處後，觀風便徒步前往城市的中心地區。今天是開灶日——即城裡幾家麵包店使用共用灶臺的日子。一起烤的話比較能提高效率節省燃料，因此每週便安排兩次開灶日。一走進小麥路，香噴噴的麵包味就撲鼻而來。肚子餓的非者應該會喜歡剛出爐的麵包吧。麵包是體積很大的食物，所以得先去肉鋪買培根……就在觀風如此盤算著，走進通往肉鋪街的轉角時——

「被發現囉。」

他遇見了一個連聲招呼都沒打，劈頭就這麼說的人物。

觀風本身是很注重禮儀的娑門，在街上遇到其他娑門時，一定會以娑門特有的合掌問候方式打招呼。不過，對方若是明晰那就另當別論了。

自己也省略問候，簡短地回問：「發現什麼？」

「就是那個非者。他在你家的事傳進【秩序】的耳裡了。不過他猜不出你在想什麼，目前似乎仍在觀望情況。」

「原來是這樣。」

畢竟自己是當著民眾的面把人帶回去，會有這樣的發展也是理所當然的吧。觀風並不驚訝。

「但是不久之後就會調查了，到時候面具他們會出動喔。你趕緊在那之前讓他回到森林。」

明晰飛快地這麼說。今天他同樣戴著多到不像話的耳飾，稻草色的頭髮則編成一條三股辮，沒紮到的碎髮到處亂翹。

「他的傷還沒痊癒。」

「他已經恢復到可以吃肉的程度吧？」

「你怎麼知道？」

「因為你不是來買肉的嗎？」

給明晰這麼一問，觀風頓時語塞。這時又有另一個聲音從背後傳來。

「嗯，就是啊。明明自己幾乎不吃肉的。」

用不著回頭，觀風也知道那個人是治癒。因為他的個子很高，聲音傳來的位置也很高。觀風被這兩位朋友包夾，動彈不得。

「托米店裡的培根很好吃喔。還有香草香腸也別忘了買。」

「既然受了傷，血腸可以當作療養食品喔。」

「那個聞起來有股特殊的味道，不過很好吃呢。」

「我看明晰你似乎忘記了，那是娑門不能吃的禁忌食物。」

「肉與血都不要浪費全部吃光，才是對生命最好的告慰。」

由於在不寬的巷道內遭兩人夾擊而無路可逃，觀風忍不住嘆了口氣。

「關於收容在我家的那個人，希望你們能夠裝作不知情。我不想給你們添麻煩。」

聽到觀風這麼說，明晰輕輕聳肩問：「假如對方說不想給自己添麻煩，對自己而言才是在添麻煩的話，該怎麼做才好？」

這戲謔的口吻把治癒給逗笑了。

「我的朋友——銀髮的觀風啊，現在擔心這種事已經太遲了。」

他用一如既往的溫柔語氣這麼說。

「就像明晰說的，秩序已得知你將那個人收容在家裡的事，當然也知道那天明晰也在現場。而且看樣子，只要你和明晰的名字同時出現，不知為何我的名字也會被提起。今天早上，面具就到我家來找我了。」

面具是面具娑門的簡稱。

他們是【秩序娑門】的下屬，人如其名，平時戴著面具遮住真面目。沒戴面具時，他們的任務就是混在順英之民當中蒐集消息。這群人堪稱密探，其他的娑門對他們沒什麼好印象。

「面具說了什麼？」

觀風壓低聲音問。

「他問我，是否曾替既非珂璉人亦非順英人的患者治療。」

「……那麼你是如何回答的？」

「我告訴他，我不太明白這個問題的意思，不過就算是小狗受傷，我也會替牠治療。」

「咯！你還滿叛逆的嘛。」

明晰看起來很高興，但觀風聞言卻皺起眉頭。

「怎麼會這樣。你根本沒見過非者啊……」

「就是呀。自己分明跟這件事沒有任何關係，卻遭到他們的懷疑。身為一名娑門，講這種話代表我修行得還不夠，但我真的有點惱火，於是便決定乾脆去見那個非者，有需要的話就替他治療好了。所以你看，我準備了軟膏、藥草茶，還有替換衣物等等。畢竟拿珂璉人的衣服給他穿應該會太大件吧。」

看樣子治癒手上的包袱是要給非者的替換衣物。觀風的這位朋友，與其說他擅長照顧傷患，倒不如說這簡直就是他的人生價值。

「那麼我就只收下那些東西……」

觀風話才說到一半，明晰就推著他的背，迫使他邁開步伐。

「好了好了，我們快走吧。啊，回去之前還得買麵包才行。金做的辮子麵包很好吃喔。」

「甜食也能滋補身體呢。」

「老王的店有賣銀耳甜湯，就是有加湯圓的那種。」

「頭腦明晰的你怎麼會提出這種建議呢……非者要是吃了這個，不就會迷上這美味而回不了森林嗎？因此，銀耳甜湯就由我們幫他吃吧。」

「你還是老樣子，對甜食完全沒有抵抗力呢。」

兩人把觀風晾在一邊，自顧自地討論著。每回只要演變成這樣，觀風就再也阻止不了他們了。兩人深知觀風個性頑固，所以不會一一徵求他的同意，而是逕自決定並付諸實行。至於觀風也時常受這兩位朋友的幫助。但不消說，兩人的雞婆個性也常令觀風困擾就是了。

最後三人買了一大堆食材，騎著自己的馬踏上歸途。

「那麼，他的傷勢如何？」

明晰騎在馬背上，啃著辮子麵包這麼問道。一顆葡萄乾掉進馬鬃之間，他撿起來塞進嘴裡。

「挫傷與扭傷不怎麼嚴重。大部分的外傷也都很淺，只有一處像是箭傷的傷口比較深，而且還化膿了。當天雖然發了燒，不過處置之後狀況就穩定下來了。」

「難道你使用了『珂璉的奇蹟』嗎？」

「沒有，」觀風回答治癒的問題，「他們不可能為非者開藥。」

「那倒也是。畢竟就算是珂璉人，也必須先確定患者的狀態才會開藥嘛。」

「順英人還有年齡限制呢……」

治癒喃喃地說。身為以治療民眾為工作的娑門，他應該也常常覺得，如果能夠更隨意地使用「珂璉的奇蹟」就好了。

觀風仰望天空。

上空可見大黑盤旋飛翔的渺小身影。雖然飛在相當高的位置，不過大黑的視力非常好，因此牠看得到觀風在什麼地方吧。牠經常像這個樣子，從空中保護著觀風。

「可是為什麼會有箭傷？若是森林裡的居民，他們倒是很常使用弓箭……難道是起了內訌嗎？」

「有可能呢。那個非者遭到同胞射傷、追逐，迫不得已才離開森林……假如是這樣，讓他回到森林或許也很危險。」

「森林很大喔。就算不回自己的聚落，他也有辦法生存下去吧？」

「可是這樣一來，遭到怪獸攻擊時一個人很難對付。」

「也是啦，搞不好會沒命。但縱使如此，也好過留在阿迦耆吧。」

觀風默默聽著兩位朋友的對話。明晰雖是對著治癒說話，實際上卻是在勸導觀風：在事情變得複雜之前，快點放走那個非者。

「我那位觀測風象的朋友眼裡只有珍禽異獸，所以才棘手啊。」

明晰誇張地邊說邊嘆氣，觀風瞥了他一眼。

「你那是什麼表情，我又沒說錯。之前在淺林撿到還只有這點大的小小時也很誇張。嘴上說明天就送回去、下週就送回去，卻又一直照顧牠，還因此變得很會餵奶，之後也繼續把牠留在家裡，最後變成現在這樣。」

「……因為小小的傷一直沒有痊癒。」

「所以你就把怪獸養在家裡是吧。」

「我有得到長老的許可。」

「還不是因為你威脅他們嗎！是你說如果要把小小送回森林，自己也要住在森林裡的啊！因為不能讓候選賢者死掉，長老才會心不甘情不願地答應。我先提醒你，這次可沒辦法像小小那時一樣啊，畢竟你撿到的不是野獸。評議會不可能對非者仁慈，況且順英之民也懼怕外來者。」

「——我知道。」

是啊，他知道。

觀風明白治癒的擔心與明晰的擔憂，自己也有點後悔。非者不是野獸。就算語言不通、就算他只憑野性與本能生存，他終究是人類。隨著日子一天天過去，觀風深刻體認到這項事實。把他帶回家確實是很輕率的決定。

可是當時……觀風無法違逆自己的心情。

自己變得很不對勁。

彷彿被那對丹色的眸子施了法術一般，喪失了冷靜的判斷力。

簡直就像是碰上突如其來的暴風雨。

觀風覺得這種心情似乎不同於「必須救他才行」，反倒像是「想要他」、「想得到他」之類的衝動。現在觀風總算明白，自己做了一件蠢事。

今天是個好機會。待會兒就請治癒診視那個非者吧。如果看起來沒問題，就讓他回森林。早點讓他離開比較好。

抵達大宅後，觀風在兩名朋友的陪伴下前往非者所住的客房。

「你把非者安置在客房嗎？」

明晰驚訝地問，觀風回答他：「有床榻的房間只有臥室和客房而已。」

「原來是這樣。不過，換作其他的珂璉人應該會把他關在地窖之類的地方……不對，他們根本不會讓非者進屋吧……那個非者沒把房間搞得一團亂吧。」

「第一天是有大吵大鬧，不過最近很安分。保險起見，我事先給他戴上繫著鎖鏈的腳鐐。」

「但願他正在睡覺。」

治癒如此說道。這樣比較方便他診視非者的身體狀態吧，畢竟把脈需要接觸對方。

「我先去看看狀況。你們在這裡等一下。」

觀風停在客房門前，對兩人這麼說後解開門鎖。觀風心想「假如非者在睡覺就別吵醒他」，於是盡可能安靜地推開房門。鉸鍊發出一聲極輕的「嘰」。

他才踏進一步，立刻感到不對勁。

好亮——觀風皺起眉頭。真奇怪。

這間客房的玻璃窗很小，而且自己還把銜接露臺的百葉門關起來，照理說房內應該昏昏暗暗的才對。事實上，觀風外出時的確就是如此。

銀髮搖動。有風吹了進來。

露臺那扇百葉門敞開著，風就是從那裡吹進來。為什麼門是開著的？不可能是非者打開的，因為鎖鏈的長度不足以讓他走到那裡。

觀風懷著不好的預感走向床榻。

把鼓起來的毛毯掀開一看，裡面竟然是枕頭。非者不在床上。觀風皺著眉頭環視房間，但到處都沒看到人影。這間客房沒有地方可以躲人，也沒有與之相通的房間，通往走廊的那扇門確實上了鎖。

觀風仔細察看床榻。

腳鐐與鎖鏈遺留在床上，被毛毯遮住。

床單上還掉了一根細小的金屬絲。看來他是使用這根金屬絲解開腳鐐的。雖然鎖的構造很簡單，但手還是得夠巧才有辦法解開。

觀風趕緊前往露臺。

非者也不在那裡。他從這裡跳下去逃走了嗎？雖說下方是中庭的草坪，不過高度太高了。觀風仔細察看中庭，但到處都沒看到非者的身影。鮮嫩的綠地中央，只看得到縮成一團睡午覺的小小。腦中一片混亂的觀風，決定找朋友商量而返回室內。

「怎麼搞的，他不在啊。」

這時明晰正好走進房間。

他先是看著觀風的表情，接著又看向床上的腳鐐，然後說：「哎呀，被擺了一道呢。」

「真奇怪呢。」緊接著走進來的治癒疑惑地嘀咕，「出入口不是上了鎖嗎？他是從哪裡逃走的？」

「只剩露臺了吧？就從那裡跳下去。」

「從這個高度跳下去，就算是健康的人也會把腿摔斷，傷患更不可能辦到。」

「高度的確很高，不過要是他把心一橫，寧可摔斷腿也要逃走……」

明晰邊說邊走到露臺上。仍說不出話來的觀風再度走回床榻，拿起腳鐐，怔怔地凝視著。

他就那麼討厭這裡嗎？

腳踝都扭到了，還從露臺跳下去？

不惜做出那麼魯莽的行為，也要逃出這裡是嗎？自己分明不曾危害他呀？自己不僅幫他處理傷口，還為他準備了床與食物耶？

認為他看起來很平靜，難道也是觀風一廂情願的錯覺嗎？

他曾用指哨呼叫鴿子。看起來很滿意觀風準備的食物。有時也會講話，只是觀風聽不懂他的意思。他還會向觀風表達自己的想法，例如比起無花果他更想吃枇杷。

頓時有種膝蓋無力的感覺，觀風坐到床榻上。

那一切都是騙人的嗎？

都是為了讓觀風鬆懈而演的戲嗎？

「你怎麼了？表情很可怕呢。」

治癒察看觀風的樣子，露出見到稀奇之物的表情。被他這麼一問，觀風不知該如何回答。非者不見人影確實令自己吃驚，但應該沒必要露出可怕的表情才對。不過他確實感覺到，表情肌一反常態十分緊繃。此刻觀風感受到的是，明顯的負面情緒——類似失望，亦近似憤怒，還帶了點悲傷，但又與這些情緒不完全一致。總之相當複雜，難以說明。

這種情緒有名字嗎？

「喂，觀風。」

明晰站在露臺那兒呼叫他。

聽是聽見了，但觀風不想站起來。總覺得身體沉甸甸的。是氣壓的關係嗎？但今天是個大晴天，而且也沒有形成雨層雲的跡象。

非者逃去哪裡了呢？從這裡到森林，不騎馬的話距離太遠了。萬一又被人抓起來……

「喂，你有在聽嗎？你的可愛小貓咪小小，正在中庭的中央睡覺喔。」

所以那又怎樣？

剛剛自己才見過那個畫面，而且像這種晴朗的日子，小小必定會在庭院裡睡午覺……雖然觀風在心裡如此想著，最後卻只回了一句「我知道」。

「牠縮成一團，睡得很香甜……應該吃得很飽吧。」

對明晰這句話有反應的人是治癒。

他像是注意到什麼般突然抬起下巴，接著將視線移到觀風身上，開口問道。

「小小……平常都吃什麼呢？」

有點心不在焉的觀風並未深思這個問題的含意，直接回答他「什麼都吃」。

「魚、麵包、蔬菜牠都吃。一般的貓是肉食動物，至於這種特異種應該是為了提升攝取營養的效率，進化成了雜食動物。最喜歡吃的好像是肉……不過……」

話說到一半，觀風站了起來。

該不會？

治癒的心裡也有同樣的猜測吧。他硬擠出笑容說：「小小吃的，應該是煮熟的肉吧？」

觀風餵給小小的食物確實都會加熱，但牠並非吃不了生肉。更糟糕的是，小小最喜歡狩獵了。當牠還小時就曾試圖獵捕傳信鴿，好幾次都把觀風嚇出一身冷汗。這是獸類的本能，不是經過訓練就能解決的問題。

不過，現在的小小已不再捕鴿子了。

因為對長大的小小……對變大的小小而言，鴿子這種獵物太小了。

小小不是普通的貓，牠是象貓。

此特異種的體型近似從前一種稱為象的動物，因而命名為象貓。根據文獻記載，象的身長超過十肘（五公尺），身高也有六肘（三公尺）以上，當中亦有體重超過十二米納（六千公斤）的個體。

給體型龐大的象貓取名為小小，並不是在開反諷的玩笑，單純是因為當初觀風收容牠時體型真的很小。傷勢痊癒後小小就以極快的速度成長，發現牠是象貓的幼崽時，其他的婆門也勸觀風「應該把牠送回森林裡」。但是被人餵養過的象貓，已經很難在森林裡生存了。

於是，縱使在評議會上惹來眾人白眼，觀風依然很罕見地堅持要養牠。

之後過了十多年……如今，小小真的長成跟象一樣大的巨貓了。

觀風立即衝出房間，奔下樓梯。

小小很聰明，也很親人。觀風與小陶自然不用說，牠也記得觀風那幾位朋友的長相與氣味，不會攻擊他們。

反過來說，如果是不認識的人，牠就有可能露出獠牙展現敵意。

「小小。」

觀風上下抖動肩膀，氣喘吁吁地站在中庭。

蜷縮成一團的小小，就像一座毛茸茸的白色小山。牠沒回應觀風的呼喚，依舊以圓滾滾的背部對著觀風，發出「噗嘶——噗嘶——」的呼吸聲，看來睡得很香甜。

「小小，醒醒。」

觀風觸摸小小圓滾滾的背，手肘以下的部分埋在柔軟的白毛裡。明晰與治癒也來到庭院，站在觀風的後面看著事情的發展。

大概是被人這麼一摸終於醒了，小小把頭轉了過來。牠抽動粉紅色的鼻頭，睜開仍有點睏的眼睛，認出叫醒自己的人是觀風後，便打了一個很大……真的很大，大到會讓不常目睹這一幕的人嚇得不敢動彈的呵欠。牠的嘴巴大到能一口咬住人的頭。

觀風早已看習慣小小的呵欠，然而一看到牠嘴巴周圍沾著的東西，他頓時不寒而慄。

「喂……牠的嘴巴周圍……紅紅的耶……」

開口說話的人是明晰。

沒錯。紅紅的。

那鮮紅的汙漬看起來就像是血漬……

觀風當場說不出話來。明晰同樣陷入沉默，治癒也是一樣。不能責怪小小。能夠控制野性衝動的只有人類，而且就連人類也常常克制不住，更何況小小是動物——

這時，小小一骨碌地翻了個身。

牠仰躺著，露出自己的肚皮。這個姿勢會暴露出最脆弱的部位，故這並非野性行為。

這是因為小小擁有「觀風的中庭」這一安全圈，牠才敢擺出這種姿勢。牠的白色腹毛裡，半埋著一個東西。

那個東西蠕動了一下，接著翻了個身，結果就從貓肚皮滾落到草坪上。

「喋！」

那道身影如此叫道，應該是在喊「痛」吧。接著霍地坐起上半身，揉了揉側腹。之後他注意到觀風，回過頭，擺出一副驚呆的表情。

那頭黑髮依舊又髒又亂。

那張消腫得差不多的臉龐……嘴巴周圍紅紅的。

沾著跟小小一樣的紅色汙漬。

「……白珠樹？」

明晰用鬆了一口氣的聲調這麼說。

白珠樹是一種會結出紅色小果實的灌木，而現在正是果實成熟、變得極甜的時節。以往這些果實大多都是被鳥吃掉，不過……觀風想起來了，初春時小陶說今年想拿白珠樹果實來製作果醬，便用網子罩住其中一部分。往有罩網子的區域一看……有人拆了網子，而果實少了許多。

觀風依舊說不出話來，再度看向非者。

非者坐在草坪上，毫無防備地張大嘴巴打呵欠。看來，之前他都窩在小小這條活的毛毯底下睡覺。身上似乎沒有新增的傷，腳踝的繃帶也包得好好的。

他先是左右扭動脖子發出啪啦啪啦的脆響，然後四肢著地爬到小小的面前。看樣子他並非站不起來，單純只是懶得起身罷了。接著，他用自己的臉磨蹭小小的鼻子旁邊。小小也略微抬起頭，擺動臉部並發出呼嚕聲。看上去就像是關係友好的兩隻貓在互相確認氣味。

「喂，別嚇人啦。我們還以為你被吃掉了耶？」

明晰抱怨道，治癒則嘆了一大口氣喃喃說著「太好了……」，身子稍微晃了一下。小小瞥了兩人一眼，看似有點不滿地「喵——」了一聲。

「牠說『我怎麼可能吃他』。也是啦，小小很聰明的。」

「不愧是頭腦明晰之人，居然連貓語都聽得懂……不過最先懷疑牠的人可是你呢。」

「是這樣嗎？哎呀，反正人沒事就好嘛。話說回來，真虧他有辦法從那麼高的地方跳下來。看起來是沒受傷啦……觀風，我可以靠近他嗎？」

明晰問的「他」是指非者，而不是小小。

觀風仍處於虛脫狀態，杵在原地搖搖頭說：「我不知道。」觀風實在是搞不懂這個非者。他到底在想什麼，怎麼會想從露臺跳到中庭呢？明晰低吟一聲，站在原地觀察了一會兒非者的態度，最後輕輕舉起雙手，掌心朝外，對著非者說：

「我要過去你那邊。我不會危害你。」

非者看著明晰，沒有任何反應。於是，接下來換治癒柔聲對他說：「我也要走過去喔。放心，我們什麼事也不會做。」

「……他聽不懂我們的話。」

「就算聽不懂，還是可以透過語氣表達意思吧。」

「明晰說得沒錯……你看，就算我們靠近，他也沒生……」

走到還差兩、三步就能觸碰到非者的位置時，治癒突然停下腳步。

「好臭……」平時那副溫和的表情頓時變得有些猙獰。明晰嗅了嗅之後也聳肩道：「啊，真的耶。」

「……他是傷患，所以這幾天都沒有洗澡。雖然有幫他擦澡，但頭髮我實在沒辦法處理……」

「當事人的氣味再加上小小的口水，威力實在太驚人了。看來他被小小狂舔了一頓。」

聽明晰這麼一說，觀風重新看向非者，發現他確實全身都黏答答的。

觀風想起動物的唾液裡也含有許多細菌，臉頰不由得一僵。快要痊癒的箭傷若是再度化膿就糟了。

「——我要帶他去洗澡。」

觀風挺直腰板，下定決心如此宣告。

必須從頭到腳好好地洗一遍，洗乾淨之後，還得更換繃帶才行。然而可想而知，這會是一件相當困難的工作。非者雖然身材細瘦、個子比觀風還要矮小，身上卻有著緊實的肌肉。而且，他非常討厭別人碰他的頭髮。

「我的朋友啊，」觀風直盯著明晰與治癒，「現在我正需要你們的幫助。」

接下來是一項大工程。

他們將身上沾滿小小的白毛與口水、頭髮比鳥窩還亂的非者帶到浴室，三人合力幫他洗澡。

結果就如觀風所料，非者極不願意洗澡，他大吵大鬧、東逃西竄。

三人追著非者跑，好不容易抓到，卻又給他逃掉。直到洗澡水涼得差不多時才終於把他押進浴缸裡，但他就像野獸一樣不斷低吼。不過非者並未咬人或撓人，似乎明白三人並無惡意。看樣子他是對泡在熱水裡這件事有所抗拒。

到了洗頭髮時情況更加慘烈。

非者再度逃出浴缸，穿越體格比他高大的三人之間，企圖逃離浴室。明晰追了上去，結果在溼漉漉的地磚上摔了一大跤，不過他總算抓住了非者的腳踝。至於治癒則是疲憊不堪地一屁股癱坐下來，平時總是很整齊的黑髮亂成一團。

不消說，觀風也是筋疲力盡。

他很難得地興起一股想丟下不管的衝動。在內心抱怨「不要再鬧了」的同時，觀風將肥皂丟給非者。

「既然那麼不情願，你就自己洗吧。」

觀風不是直接扔過去，而是放在地板上讓肥皂滑向非者那邊。非者默默注視著滑到腳邊的肥皂。珂璉人使用的肥皂，是添加了香料的貴重物品。

觀風扶起搥著腰哼哼唧唧的明晰，並叫上治癒，三人一起離開浴室。

至於非者則把他留在浴室裡。由於沒辦法從外面上鎖，他們便用大櫃子擋住門。要讓非者冷靜下來，只能讓他獨處暫時不去管他吧，況且觀風他們全都渾身溼透了。明晰的腰也需要貼藥布吧。

「好痛好痛……幫小小洗澡還比較輕鬆吧……？」

貼了消炎藥布的明晰趴在躺椅上這麼說。

「小小會自己理毛，本來就不太需要幫牠洗澡。我偶爾會幫牠洗腳，牠都乖乖地不亂動……」

觀風邊回答邊為自己再倒一杯藥草水。喉嚨好久不曾這麼渴過。三人都已換好衣服，並把椅子搬到浴室隔壁的更衣間，癱在椅子上休息。雖然外表看不出來，其實三人都超過百歲，已經不年輕了。

「為什麼他會那麼不願意呢……泡澡分明很舒服呀……」

「非者沒有泡澡的習慣吧……畢竟在森林裡哪有辦法使用大量的熱水，再說就算只洗冷水澡也活得下去……他的皮膚有點不一樣呢？感覺比珂璉人及順英人還厚，尤其是背部。」

「是為了在森林裡保護自己吧……」

觀風懶洋洋地回答。

感覺到蜂蜜薄荷水漸漸沁入四肢百骸，觀風心想待會兒也要倒一杯給非者喝才行。畢竟剛才一直大呼小叫，想必他的喉嚨也很渴才是。

「慢著慢著，既然這樣應該要強化腹部這一側的皮膚吧？因為必須保護內臟才行。」

「可是，獸類也是腹毛比較柔軟吧。」

「動物不會直立行走。牠們是用四條腿走路，所以腹部這一側朝地，而容易遭受攻擊、比較危險的則是背部……嗯，這樣看來，非者也是生活在背部比較危險的環境嗎……？真令人好奇啊。要是他會說話，就可以打聽很多事了。」

這時，來自浴室的聲響戛然而止。

「我去看看吧。」

治癒拿著替換衣物起身道。成群結隊過去可能會令非者產生戒心，因此觀風便決定交給這位和藹可親的朋友了。明晰也趴著向他輕輕揮了揮手。

然而，等了好一會兒都沒看到治癒回來。

觀風擔心出了什麼事，便站在浴室門前出聲詢問，結果治癒回答他：「沒事，請你們再等一下喔。」由於聲音聽起來與平時無異，觀風就直接返回更衣間了。明晰也一臉納悶地說：「未免太久了吧。」

最後，治癒從浴室回到更衣間時，已過了將近一個時辰。開門聲響起的同時，觀風起身問：「為什麼花那麼多時間……」然而話才說到一半，他就愣在原地，變得跟他的異名「石像」沒兩樣。

治癒帶著一名青年回來。

一時之間，觀風疑惑暗想：這個人是誰啊？他花了幾秒鐘的時間，才認出那個人是非者。

青年身上穿著寬鬆、方便活動的順英之民服裝。

那是治癒帶來的衣服吧。上衣處處可見刺繡，這是富裕的順英人才買得起的奢侈品。下衣則是長及腳踝上方的窄褲。腳上穿著用細皮帶編製而成的精緻涼鞋……

最後是……頭髮。

「真是太驚人了……」

這般喃喃讚嘆的人是明晰。

觀風則是一聲不吭杵在原地。

原來如此——怪不得要花那麼多時間。亮麗的黑髮先是編成細細的髮辮，再巧妙地綁在一塊。

髮型美得彷彿是在描述一則複雜的故事。

「嗯？好像有股香味耶。」

「應該是香氛油吧。我比手畫腳教他怎麼使用後，他就乖乖地抹在頭髮上了。」

治癒向明晰說明。哦，原來是這樣，所以茉莉花的芳香才會飄到這兒啊……儘管心裡如此想著，觀風依舊一語不發。

他的臉原本就這麼漂亮嗎？

臉已經完全消腫，瘀青也變淡了，原本消瘦的臉頰也變圓潤了。

由於瀏海全往後梳，看得出來他的額頭曲線很完美。鼻梁很細，幾天前還乾巴巴的嘴唇，如今變得很豐潤。

最引人注目的還是眼睛。

丹色的虹膜、黑色的瞳孔……那雙獨特的大眼睛閃動著晶亮的光。

他目不轉睛地看著觀風。

……才怪。其實他是在凝視桌上的點心——蜂蜜瑪德蓮。

在他尚未恢復到現在這種程度的那段期間，觀風若是準備了添加蜂蜜的牛奶粥，他都會狼吞虎嚥地吃光，由此看來他可能很喜歡甜食。

站在非者旁邊的治癒，靜靜地將手伸向他的頭髮。

當下他立刻閃身躲開，露出不悅的表情。「抱歉，我不會碰你的。」治癒面帶微笑向他道歉。看來他還是很討厭別人碰他的頭髮。

「髮型不是治癒你編的嗎？」

「不是，我只是在旁邊等他罷了，是他自己很熟練地編好這個髮型。我猜想，頭髮在他們那邊應該是很重要的。或許髮型具有身分或地位等某種意義。若是如此，也就可以理解他為什麼不喜歡別人碰頭髮了。」

「不洗乾淨還真是看不出來啊……沒想到他是這麼漂亮的孩子！……孩子？他的年紀不能稱為孩子了吧……我不清楚非者的年齡算法，但他們的壽命應該不如我們長。」

「假如非者的壽命跟順英之民相近……他大概十六、七歲吧。」

「順英人是十六歲成年吧？那麼他已經是個成年的男人了。話說回來他的眼睛真美，簡直就像是鑲著兩顆紅玉髓呢。」

明晰將那對眸子比喻為寶石。觀風表面上不置一詞，內心卻大為贊同：沒錯，誠然就是如此，他有著一對紅玉髓之瞳。

「是呀，他的眼睛真的很漂亮。長相也是，即使在珂璉人當中也找不到幾個像他這麼美的人……而且，雖然他的個子比我們小，卻有著頗富彈性的肌肉與強壯的關節。傷勢也恢復得很快。」

「觀風，你早就看出這個非者長得很美麗嗎？」

「沒有。」

觀風立即否定。自己怎麼可能會知道這種事。

當時觀風注意到的，只有那雙眼睛而已。不過，觀風本來就不在乎他的容貌是否美麗，更何況無論外表打扮得再怎麼漂亮，觀風也已經知道這個人只是個貪吃的非者。

觀風拿起裝著瑪德蓮的籃子。

非者立刻動了一下。

觀風拿起一個顏色烤得很漂亮的點心，遞向非者並對他說：「過來這邊。」

大概是明白觀風的意思吧，非者雖然露出懷疑的眼神，仍舊邁步走了過去。他並不怕觀風他們，但也不信任他們……非者抱著這樣的態度慢慢靠近，然後在勉強能觸碰到點心的位置停下腳步，伸出纖細但有著勻稱肌肉的手臂。

近距離一看便會清楚發現。

這種絕塵拔俗的美，不適合用「美麗」這個庸俗的字眼來形容。

在阿迦耆，有句話是這麼說的：「珂璉只會誕生高大的俊男美女。」

事實上，成年的珂璉之民個子普遍都很高，膚色白皙，五官立體，髮色與瞳色大多很淺。觀風就是典型的例子，他有著銀髮與灰藍色眼珠，明晰則有著淡茶色頭髮與水藍色眼珠。像治癒這種黑髮黑眼的人可說是少數。

除此之外，珂璉人的特徵還有崇尚優雅大方的舉止，不喜歡忙碌地勞動。

在珂璉人屬於特權階級，而且身為珂璉人的娑門具有權威的阿迦耆，這即是所謂的「美」。自古以來那些藝術裝飾品所雕刻的人物，模樣也都近似珂璉人。

如果說珂璉人給人的印象是「靜」，那麼順英之民給人的印象就是「動」。他們朝氣勃勃地活動、勞動，講起話來嗓門很大。矮小的身軀散發著熱情活力。明晰說過，這同樣是一種美，觀風也有同感。

可是，非者的美不同於這兩者。

他的「靜」中有著躍動。

他的「動」中有著沉靜。

或許是因為非者隱居於森林吧，他擁有一種難以言喻的、神祕的美。

不知怎的，一顆心悸動不已。這種感覺就好似在禁止進入的森林附近，發現不曾見過的美麗昆蟲。自己一方面讚嘆大自然竟能創造出如此美麗的顏色與形體，一方面也感到害怕，因為不知道這隻昆蟲具有何種毒性。

不過看樣子，眼前的非者並沒有毒爪。

收下觀風遞出的瑪德蓮後，非者先聞味道，接著從邊緣咬了一小口。紅玉髓色的眼睛登時睜大，一動也不動地看著瑪德蓮。瑪德蓮的甜味與美味似乎令他很是驚奇。之後他兩口就吃完瑪德蓮，嘴裡還在咀嚼，眼睛卻一直盯著手拿點心籃的觀風。

「哈哈，看來他很喜歡呢。」

明晰笑道，治癒也露出微笑。

觀風先指著藤椅，然後輕輕舉起點心籃給非者看。我會給你吃，你就坐在這裡吧……非者看懂了觀風的意思，便往藤椅一坐，在椅面上盤著腿。由於是按照珂璉人的尺寸製作，對非者來說這張椅子有點大。

觀風將堆著瑪德蓮的點心籃遞給非者。

非者埋頭吃得津津有味，那張臉好不容易才洗乾淨，現在嘴巴周圍又沾著點心碎屑。那副模樣看起來也很幼小。等非者吃光點心籃裡的瑪德蓮後，觀風遞了一杯藥草水給他。他乖乖地接下水杯，咕嘟咕嘟地喝光。

大概是吃飽了吧，他吐出一口氣放鬆下來，倚靠著藤椅。看來烘焙甜點大幅減輕了非者的戒心。

過了一會兒，他開始摸起自己的頭髮，表現出很在意什麼的模樣，而且還時不時瞄向治癒。

「怎麼啦？頭髮編得很漂亮呀？」

治癒用溫柔的語氣問道，非者仍是一副有話想說的表情。該不會——觀風想到一個可能性，從椅子上起身。

「我馬上回來。」

語畢，他離開更衣間。

接著前往臥室，拿起梳妝檯上那只以天然木材拼出花紋的木盒，然後折回去。回到更衣間後，他當著非者的面打開木盒問：「是這個嗎？」看得出來非者的眼睛……那對紅玉髓之瞳瞬間亮了起來。

木盒裡裝的是裝飾用的絲繩，以及各種材質的小珠子。這些都是用來妝點頭髮的飾品。之前非者還躺在床上休養時，觀風曾在他的頭髮上看到幾顆這種裝飾用的珠子。

觀風平常不梳精緻講究的髮型，所以鮮少使用這些髮飾。

非者收下木盒，擱在腿上。他先捏起一顆紅色玻璃珠，然後面向另一邊，觀察透著光的珠子。這顆朝霞色的裝飾珠，與非者的瞳色十分搭調。接著，他為挑選出來的裝飾珠找一條顏色合適的繩子，再穿進孔內。假如挑的是小顆珠子，有時也會一次串上好幾顆。像這樣做了幾條串著裝飾珠的繩子後，他露出滿意的表情。

然後，他把裝飾繩穿進編好的頭髮之間。他的手很巧，動作很熟練。各種尺寸與顏色的珠子，妝點在非者的頭髮上。最初那顆紅色玻璃珠，則裝飾在靠近太陽穴的顯眼位置。他很喜歡那顆珠子吧。

「我懂了，這樣髮型才算完成吧……他的美感也很好。」

治癒語帶佩服地說。非者站起來，遞出木盒要還給觀風。

「你就拿著吧。」

觀風沒有收下，而是這麼回答。

他豎起食指依序指著木盒與非者，然後說：「你可以隨意使用。」不知是不是以為觀風把髮飾和盒子一併送給了自己，非者緊緊抱住木盒。彷彿是在表示，這已經是自己的東西了。

「……這樣好嗎？裡面也有用寶石磨製的珠子吧？那跟瑪德蓮可是不能比的

喔。」

明晰這麼問，觀風便回答：「沒關係」。

「給這孩子用比較好。」

聽到觀風接著這麼說，明晰便擺出拿他沒轍的表情，治癒則面露苦笑。

非者一臉呆懵地看著觀風他們。畢竟他聽不懂三人的對話，會有這種反應也是很正常的。

# 第三章 雷雨

「皈依如來者、吾須敬愛的前輩——觀風娑門，能否占用你一點時間呢？」

這句恭敬的詢問，充分展現了對年長娑門的禮貌，甚至可以說禮貌過了頭，聽起來亦有點空洞。

不過關於講話的語氣與態度，觀風也沒資格評論別人。「你講話的時候就不能多帶點感情嗎」這句話，明晰與治癒都不知道對他說過幾百次了。觀風認為自己的語氣與態度很正常，但他人往往不這麼覺得。跟面無表情語氣平淡的觀風相比，這位聖職者——【秩序娑門】起碼還面帶微笑，實在比他好太多了。

雖然明晰很討厭他的笑容，總是批評他「看不出來在想什麼」，觀風卻不怎麼在意。就算是假笑，觀風認為那也是一種體貼吧。

「皈依如來者、吾須和協的道友——秩序娑門，那麼到茶話室談吧。」

觀風如此回答後，秩序便態度和善地說：「邊走邊說就行了。」

兩人正在從聖廟返家的路上。

無論位階高低，全體娑門每個月都要到位於山腰的聖廟聚會一次，祭拜供奉在此的歷代賢者之靈。觀風的父親與曾祖父，還有更久以前的祖先都供奉在那裡。

「看得到濃積雲呢。」

秩序邊走邊說。

在擁有天職的娑門當中他的年紀最輕，歲數還不到觀風的一半。這是因為獲選為秩序娑門的人，年紀通常都很輕。他的體格也比一般的珂璉人嬌小。秩序雖是男性，容貌卻像少女那般惹人憐愛，還有人讚美他擁有天使的臉蛋。那頭蜂蜜色的頭髮則編成精緻的髮型。

「是啊，」觀風仰望天空，「雖然早晨那時尚未形成……天空無時無刻都在變化。待會兒說不定會下雨。」

「我聽【萌芽娑門】說，大麥已在昨天收成。沒遇到下雨真是萬幸。」

「嗯。」

「對了，觀風。」

「嗯。」

「聽說你將危險的非者飼養在家裡，這是真的嗎？」

由於兩人身高有段差距，秩序略微抬頭望著觀風，面帶微笑直截了當地問道。

對方並非裝傻就能應付過去的人物，而觀風也沒打算裝傻，於是他回答「我沒養」並停下腳步。

「那個非者受了傷，所以我將他收容在家裡。」

「記得撿到象貓那次，你也是這麼說的吧？」

「象貓是動物，所以使用『飼養』這個字眼並沒有錯。但這次是收容人類，所以不算飼養。」

觀風保持平坦的語調如此否定後，秩序也保持微笑「哎呀」一聲，略微側著頭。

「你不知道嗎？非者不被當成人類。」

他用宛如鳥囀的可愛嗓音，說出這樣的話來。觀風實在沒辦法置若罔聞，便稍稍壓低聲音道。

「雖然生活的地方不同，但他們的確是人吧。」

「從前的確是這樣吧。不過現在，非者是罪孽深重而遭到驅逐的異類。如來認定他們『已為非人』，因而遺棄了他們。」

……已為、非人？

觀風皺起眉頭。

「所以沒必要將他們視為人類。就算外表與我們相似，他們也只能算是獸類……不，他們比獸類還不如吧。畢竟連慈悲為懷的如來都捨棄了他們。哎呀，難道你不曉得非者的語源嗎？」

「不知道。我是第一次聽說。」

「這可不是我隨口胡謅的喔。你只要去問【記憶娑門】應該就會知道了。」

記憶娑門人如其名，是一位記憶力超群的聖職者。

不過，他並不是記得過去發生的所有事件，而是記得那些過去的所在之處。阿迦奢的書庫就分布在珂璉之崗上，裡頭收藏了大量記載過去之事的古文獻。書庫總共有五所，可以閱覽藏書的只有娑門，以及獲得許可的珂璉之民。至於何種文獻或書籍保管在哪一所書庫的哪個地方……對此瞭若指掌的人就是【記憶娑門】。

他堪稱是具備目錄功能的書庫管理者。

既然秩序要觀風去問記憶，這就表示——確實有文獻記載了如來稱非者「已為非人」一事吧。

即使如此。

「紀錄未必都是事實。」

觀風如此反駁，秩序便回答：「那麼你不妨直接去問如來吧？」他一直保持同樣的微笑，接著這麼說。

「像我這樣的力薄才疏者，只能透過書面方式接收如來的啟示。不過，如果是身為觀風、出身於珂璉數一數二的名門望族，而且又是候選賢者的你，應該能夠直接參見祂吧？」

雖然聽得出秩序話中帶刺，不過觀風並未生氣，反而有種空虛感。因為觀風出生在名門望族並非觀風自己選擇的，而秩序的出身同樣不是他自己選擇的。

「我不曾有機會當面拜謁祂，不過聲音倒是聽過幾次。」

「真令人羨慕。」

秩序嘴上那抹笑變得更加明顯，然而榛子色的雙眸卻是冷若冰霜。跟往常一樣，自己又惹他討厭了。不知道為什麼，秩序從以前就很討厭觀風。

「回到剛才的話題吧。接下來你打算怎麼處置那個非者呢？」

「等他的傷痊癒，就讓他回森林。」

「建議你盡快將他丟回森林裡。順英之民很害怕呢。他們說，銀髮的觀風大人想要馴養可怕的非者，但非者沒辦法像象貓那樣聽話吧，說不定他會逃出來吃掉小孩。」

非者不可能吃小孩，因為他愛吃的是瑪德蓮……觀風本來考慮這麼向秩序說明，最後還是作罷。秩序應該也曉得，吃掉小孩什麼的不過是加油添醋的謠言。他並非真的擔心這種事，單純只是不容許「擾亂秩序之物」存在。這種嫉惡如仇的個性可說是秩序娑門必備的資質。

「我會盡快處理這件事。」

「麻煩你了。我也會略盡綿薄之力，派手下面具幫忙看守。」

觀風還來不及拒絕，秩序就搶先對他合掌說了聲「告辭」，並且加快腳步往前走。當秩序與觀風拉開一段距離後，幾個戴著面具的男人便悄無聲息地從樹蔭下出現，圍著秩序保護他。這些身穿暗灰色服裝、兜帽拉得很深、戴著獨特面具的男人就是面具娑門。

「哦——好可怕。那張面具就不能想個辦法嗎？」

「你剛剛躲在哪裡？」觀風這麼問不知何時來到他背後的朋友。

不消說，那位朋友就是明晰。

今天要到聖廟祭拜，因此明晰梳了個正式一點的髮型，不過此刻頭上黏著好幾片葉子。他是蹲在樹叢裡吧？

「我的躲藏技術堪比面具喔。他們怎麼不戴可愛一點的面具呢？面無表情給人的印象很不好。」

「我想應該不是面具的問題。」

「也是啦，」明晰聳了聳肩，「他們可是平時混在民眾當中，監視著我們的告密者。實在讓人很難喜歡他們。」

「那是他們與秩序的工作。」

「我的朋友愛講正論，可有時卻又不把常規放在眼裡，真教人傷腦筋……話說回來，那個討厭洗澡但愛吃瑪德蓮的非者怎麼樣了？」

「那天之後，他的態度就變得很平靜了。」

「嗯，說不定是因為頭髮梳整齊了，才讓他恢復理性。」

「就因為這樣？」

「可別小看外表。外表有時也代表了一個人的自尊心。」

雖然明晰這麼說，但他自己的頭上卻還黏著三片葉子。觀風幫他取下來。

「你們一起吃飯嗎？」

「……對。他很不會使用刀叉。」

「學會一點我們的語言了嗎？」

「沒有，不需要教他吧？只要用肢體動作表達意思，理解時他就會點頭，不懂時則會歪頭。至於聳肩，好像是明白了但不想聽從。」

「哦，比方說？」

「當我藉由搓雙手的動作告訴他『洗手』時，三次會有一次用聳肩回應我。」

明晰「哈哈哈！」地開懷大笑，接著又問：「腳鐐呢？」

「已經不戴了。我讓他在家裡自由行動。」

「這樣比較好吧。他似乎很討厭束縛與強制。」

觀風也有同感。

非者很喜歡中庭，天氣好時會在那裡度過大部分的時間。中庭的主人小小，好像也完全接納了他。

不過，觀風當然不能讓非者跑到大宅外面，所以外出時他會從外側給家門裝上鎖頭。觀風用的是堅固的鎖頭，只有他才有鑰匙。

這原本是為了避免自家中庭裡的動物——尤其是小小——跑到外面所做的預防措施。圍牆也蓋得相當高。如果小小是普通體型的貓，應該能爬上庭院裡的樹木找地方逃脫，但中庭沒有樹木支撐得了那龐大的身軀。既然小小逃不出這棟宅子，非者當然也不可能逃脫得了，除非他能在天上飛。

「他在森林裡說不定是一名戰士。」

明晰這般推測道。

「戰士？」

「非者他們理應也有職務分工才對，既然生活在那片危險的森林裡，當然需要負責戰鬥的人吧？森林裡有很多危險的野獸，此外他們若分成好幾個聚落，也可能會互相發生衝突。何況，他確實受了箭傷嘛。」

「……原來如此。」

「他有著精實的肌肉，那是戰鬥者的身體。即使面對體格占優勢的我們，他也絕對不會移開視線……感覺得到戰士的自尊心。」

觀風也贊同「自尊心」這個說法。

的確，第一次見到他的眼睛時……那燃燒著怒火的紅玉髓之瞳，眼神完全不同於單純發狂的野獸。也許那正是自尊心受損的戰士所露出的眼神。

「對了，小陶又回你家工作了吧？他沒有嚇到嗎？」

「對，前天就回來了。他們已經打成一片了。」

「真快啊。」

「小陶似乎不怕非者，反而對他充滿好奇。就算無法對話，他們仍有辦法做一定程度的溝通。昨天他們兩個想烤瑪德蓮，弄得滿身麵粉。當時廚房很吵，我便過去察看狀況，結果連我都被波及而沾到麵粉……」

看樣子是因為非者想幫忙小陶，卻不小心打翻了麵粉袋。

發現變得跟白鴿沒兩樣、愣在原地的兩人時，觀風差點就笑了出來。不過最後只有嘴角抽動一下而已，這是因為他已經很久沒笑了，導致表情肌忘記如何動作吧。

觀風突然感到不可思議。

自己是從何時開始不笑的呢？律法分明沒規定娑門不可以笑呀？

「什麼時候要讓他回森林？」

「……近期之內。」

觀風簡短回答後，明晰便看著其他方向說：

「你應該知道吧？早點讓他回去比較好。要是產生感情，到時候你會難過喔。」

「我可是有石像之稱的娑門耶？怎麼會產生感情。」

「看似堅硬的美麗石像裡面，其實是脆弱的人類。而人類都怕孤獨。要是你能有這個自覺，我就可以少操很多心了說。」

發覺話題似乎又要轉向「辭退賢者一職」這件事，觀風只好陷入沉默。

他轉而仰望天空。

剛才還在空中翻湧的濃積雲，其雲頂已開始往水平方向擴展。這是不好的雲形。

早晨那時觀風並未預測到這樣的變化，而天氣就是如此變幻無常。假如是從晴天轉為小雨就不太需要留意，但這個季節的濃積雲大多會降下大雨。凝神細看，西方的天空已變得很暗了。倘若此刻自己就在家裡，只要再派傳信鴿去通知城裡的人就好，但……

「明晰，奧坎可以借我嗎？」

觀風問，因為他是徒步過來的。奧坎是明晰的愛馬，雖然脾氣古怪，不過跑得很快。直接從這裡前往城市可以節省時間。

「沒問題。牠就在前面的拴馬處……天氣要變差了嗎？」

明晰仰望天空如此問道。「要是發展成砧狀積雨雲，就會下雷雨了。」觀風這樣回答他，並且加快腳步。

從雲的流動來看，可能再過不久連太陽都會被遮住。如同秩序剛才所言，大麥已收割完畢。

如果只是下雨就不怎麼需要擔心，但麻煩的是打雷。

尤其郊外的農民們大多待在空曠的地方，有遭遇落雷的危險。必須敲鐘通知他們才行。

「你最好也折回聖廟裡。我想你應該知道，待在高聳之物的附近以及空曠處都很危險。麻煩你通知還留在這裡的娑門。」

「知道了。」

只要交給明晰，就用不著擔心那些娑門了吧。

觀風快步走到拴馬處，很快就找到了奧坎，他看著奧坎的眼睛對牠說：「拜託，我需要你的腳。」奧坎平常不喜歡給明晰以外的人騎，但只要像這樣誠懇地拜託牠，牠就不會抗拒。

奧坎載著觀風，奔下珂璉之崗。

銀髮飄揚，還過不到幾分鐘，風就突然變冷了。

這下子可以確定，大雨就快要來了。

進入城裡時，砧狀積雨雲分布在高空，完全遮住太陽。觀風的耳朵，聽到了遠處的雷鳴。

民眾也注意到突如其來的天氣變化，攤販紛紛收拾起商品。

觀風進入鐘樓，在他衝上螺旋樓梯的這段期間開始下雨了。

雨勢一轉眼就變成傾盆大雨。風勢也變強，撞鐘臺的屋頂失去了作用。光是站在那裡就會被橫掃而來的雨水打到皮膚發疼。

著急的觀風險些手滑，他趕緊牢牢握住扶手。

等雷接近以後，這座鐘樓本身就會變成最危險的地方。許久之前觀風就主張鐘樓有必要裝設避雷針，但評議會始終不肯同意。因為長老們堅信古文獻的記載，認為雷代表如來的憤怒。雖然他們如此主張，如來之塔卻慎重其事地裝了避雷針。

噹、噹、噹——觀風用力敲著鐘。

在狂風吹襲下，銀髮貼到臉上阻礙了視線。觀風不去管它，使出全力持續敲著鐘。短而持續的鐘聲是避難警報。

城裡的民眾不太需要擔心，問題是田地與牧草地。幸好強風往田地很多的東方吹，即使在雨中鐘聲也能傳遞過去吧。一定要傳過去才行，否則就麻煩了。現在的問題是位於上風處的牧草地……

「觀風大人！銀髮的觀風大人！」

這般大聲呼喊的人是哈圖，他是管理鐘樓的順英之民。哈圖急赤白臉地衝上螺旋樓梯。

「我來敲鐘！請您快點下樓！」

然而觀風卻吼著回答他：「快退回去！」

雷聲變得更近了，電光也清晰可見。繼續留在這裡很危險。

「我也要下去了！你不可以上來！」

敲完最後一次後，觀風便離開了撞鐘臺。

為了避免滑倒，他抓著扶手急忙衝下螺旋樓梯。鐘樓是城裡最高的建築物，底座是堅固的石造建物，上面則是木造建物。木造部分是由阿迦耆手藝精湛的木匠所打造，十分美輪美奐。

神情忐忑等在鐘樓下方的哈圖，一看到觀風那副泡過水似的狼狽模樣，隨即露出快哭出來的表情。

「啊啊，真的很對不起。」

不消說，哈圖也同樣全身溼透。這個年輕人年紀尚輕，責任感卻很強，對天空的變化也很敏感。傳信鴿每天早上送的信就是由哈圖接收。

「敲鐘是我的工作，我卻麻煩您……剛才我去了牧草地那兒。因為我看到雲頂開始橫向擴展，為防萬一才決定去通知牧童們……」

「哈圖，你做得很好。因為這陣風令鐘聲難以傳到牧草地那兒，我一直很擔心，而且那邊幾乎無處可躲。」

觀風慰勞哈圖，與他一起離開鐘樓。城裡的民眾似乎都到屋內避難了。兩年前，郊外的田地曾遭受雷擊，導致一個人死亡。這件事大家都記憶猶新，所以才會趕緊採取行動吧。

「觀風大人，請到寒舍弄乾身體！」

「不用麻煩了，這裡距離『愛兒館』很近！」

由於兩人走在豪雨之中，說話必須拉高音量。哈圖大力點頭道：「哦！說得也是呢！」

哈圖也是在「愛兒館」長大，因為他出生後不久母親就去世了。

「那邊有供娑門大人使用的房間，而且也比寒舍舒適多了！我陪您走到門口！」

雖然觀風表示他能自己走到那裡，但哈圖仍堅持跟了上去。他幫觀風牽著奧坎的韁繩，並選了一條排水良好的路。城市的中心地區鋪的是石板路，雖然排水良好，但水會不斷流向低處。這陣子常會降下短暫的大雨，所以應該要更頻繁地清掃、維護排水溝吧。觀風心想，事後得找【基礎娑門】討論這件事才行。

「觀風大人！天哪，您怎麼全身都溼透了……得快點換衣服才行！」

一抵達「愛兒館」，認識的保母立刻出來接待。

保母將觀風帶到為經常造訪這裡的娑門準備的房間，並給他用來擦拭身體的布，以及樸素但乾淨的替換衣物。保母提供的是珂璉人穿的衣服，因此尺寸沒問題。觀風也邀哈圖在此休息，但哈圖表示懷有身孕的妻子在家裡等他，因此觀風就沒再挽留他。順英之民年滿十六就能結婚，因此二十歲的人大多都為人父母了。

儘管現在仍是白天，但因為門窗緊閉，使得室內有點暗。燭臺上的蠟燭搖曳著火光。

換好衣服後觀風鬆了一口氣，但長髮應該暫時乾不了，感覺涼颼颼的。儘管時序已邁入初夏，現在的氣溫仍然有點冷。打在護窗板上的雨聲似乎變得更大聲了。

「觀風大人，這是薑茶，喝了可以暖身喔。」

保母長送茶過來。她是「愛兒館」的管理者，負責與娑門開會討論管理事務。保母長是一位慈眉善目的女性，花白的頭髮紮了起來。除了茶，她還拿著梳子與寬緞帶。

「我想您的頭髮應該很冰冷。您可以用這個將頭髮綁起來……」

「謝謝，妳幫了我一個大忙。」

觀風先喝一口薑茶。蜂蜜降低了生薑的辣味，喝起來很順口。接著拿起梳子，盡可能將頭髮上的雨水梳掉，再簡單地於腦後編髮辮。

最後只要用緞帶將編好的髮辮盤起來，冰冷的頭髮就不會接觸到後頸了。保母長沒有幫忙，因為隨便觸碰娑門的身體是一種不敬的行為。不過，如果是小孩子就沒關係。

這麼說來……觀風注意到一件事。

「今天好像很安靜呢……」

換作平常，「愛兒館」裡時時刻刻都充斥著孩子們的歡笑聲與奔跑聲。而且若得知娑門來訪，多數的孩子都會纏著他們不放。就連態度冷淡的觀風，那些天真無邪的孩子也願意接近他。沒錯，就像小雪一樣。

「孩子們是因為害怕打雷，都躲到床上了嗎？」

觀風這般問道，保母長有點難以啟齒地回答。

「其實是因為……大家從今天早上開始服喪。」

「……有孩子歸天了嗎？」

「不是，是洛克先生……就是被大家稱為花壇爺爺的那一位。他是在昨晚斷氣的。等這場雨停了，送行娑門大人應該就會過來了。」

送行娑門是在順英之民死亡時，負責主持葬禮與祭奠的人物。這是位階不高的娑門要做的工作，至於名稱裡的「送行」並非天職，而是一種俗稱。

「真是令人遺憾哪……記得前陣子見到他時，人看起來還很健康。」

洛克是個和藹可親的老先生，上回就是他告訴觀風「小雪最喜歡觀風大人」。

「是啊……大概是一個星期前吧，他在給割草用的鐮刀除鏽時，不小心受了傷。雖然沒流太多血，傷口也做了處理，但幾天後他就發燒，不久便吞不下東西了……」

「破傷風嗎？」

觀風輕聲詢問，保母長低著頭回答：「多半是。」

「你們沒找醫術院商量嗎？如果是破傷風，『珂璉的奇蹟』應該有效才……」

話說到一半，觀風就停頓下來。

腦海浮現那個人的——疼愛小孩子的洛克身影。勞動者的粗糙雙手、晒黑的臉龐、看起來很慈祥的眼尾皺紋……

「……他今年五十九歲……所以無法取得『珂璉的奇蹟』。」

保母長冷靜地這麼說，然後微微一笑。那是一張徹悟的平靜笑容，彷彿在說她只能以笑掩蓋悲傷。

正當觀風思索措辭之際，房內響起了敲門聲。

聲音是從相當低的位置傳來。保母長開門一看，發現小雪獨自站在門外。小手握著白色的菊花。

「怎麼啦，小雪？」

「……因為人家剛剛看到了觀風大人……」

就連小雪都無精打采的，她仰望著觀風，一副想說什麼的樣子。即使自己不擅長面對孩子，這種時候還是應該以娑門的身分，對她說些合適的話。好人死後能在天國過著幸福的生活……觀風打算這樣安慰小雪，便坐在椅子上對她伸出手。

「過來這邊。」

小雪雖然有些猶豫，但仍慢慢地靠過來。

她腳步沉重地走到觀風面前，然後耷拉著小腦袋。當她再度抬頭看向觀風時——

「唔哇啊啊啊！」

小雪激動地哭了起來。

她並非先抽抽搭搭地哭，然後才越哭越大聲。面對突如其來的嚎啕大哭，觀風嚇了一跳，不知如何是好。沒想到這具嬌小的身軀，居然能發出如此大的聲音。

「哇啊、啊啊……死……爺爺……死……」

小雪一面痛哭，一面用破碎的話語訴說悲傷，就這樣一直哭個不停。

由於她抱著觀風哭，大腿處的布料都給眼淚沾溼了。除了眼淚之外還沾到鼻水，保母長見狀想把小雪帶開，但觀風表示無妨，讓小雪繼續抱著他哭。因為他總覺得，現在讓她盡情哭泣，對這個孩子而言是很重要的。

自己應該要對她說些體貼的安慰話，但觀風想不到適當的語句。

於是，他試著學明晰平時對孩子們做的那樣，摸了摸小雪的頭。

不知是不是正在哭泣的緣故，小雪的頭部比想像中燙，還有點溼溼的。保母長彎下身，溫柔地撫了撫小雪的背。

拚了命地哭泣——這樣說或許很奇怪，但觀風就是這麼覺得。幼小的身體裡充滿了悲傷，她拚了命地、真誠地將之化為眼淚。毫不遲疑地，用盡全力為喪失而悲嘆。這是一個小孩子該有的健全模樣。

從前治癒說過，悲傷最好是發洩出來，不要留在心裡。

觀風不曾哭成這個樣子。

就算回溯到年紀很小的時候，他也沒有這樣的記憶。

會不會只是自己不記得呢？對活了一百多年的觀風而言，小時候已是相當久遠的記憶。

祖父是個嚴厲的人。嚴格教導觀風控制情緒的人就是祖父。

父親似乎就比祖父溫柔許多。觀風記得自己很小的時候，父親都會陪自己玩耍。然而祖父卻慨嘆，那溫柔的個性是一種軟弱。

母親在觀風出生後不久便去世，因此觀風沒有關於她的記憶，僅透過肖像畫得知她的長相。

自己究竟曾在誰的腿上哭泣過呢？

過了一會兒後，小雪終於收住淚水。保母長幫她擦臉、擤鼻涕，但她仍抽噎噎的，轉身再次面向觀風。

力，花就快要枯萎了。

「……這個。」

她睜著仍紅通通的眼睛注視觀風，遞出手中的花。大概是因為握得太用

「放在花壇爺爺的、棺木裡的花……都沒精神了……」

「只要將花的枝幹浸在水裡就行了。」

觀風語氣平靜地回答。坐在椅子上，他的視線高度便很接近小雪了。

「嗯……可是，反正最後都會跟爺爺一起燒掉……」

「雖然肉身會被燒化，但他的靈魂會升天。如來會引導他前往天國。」

「嗯……保母媽媽她們也這麼說……觀風大人，天國是好地方嗎？」

「當然。」

「你有去過嗎？」

圓滾滾的大眼睛直視著觀風問道，他老實回答：「我沒去過呢。」

「但是我知道，天國沒有一切苦難，是個平靜安穩的地方。」

「不會肚子餓嗎？」

「不會，既不會覺得難受，也不會有任何疼痛與苦楚。」

小雪的表情稍稍放鬆下來，喃喃說著：「那就好。」

「因為那時爺爺看起來好痛苦。雖然鬍子大夫來看爺爺，可是他說自己幫不

上忙，表情看起來很難過。」

鬍子大夫是城裡的一位藥師。他是負責管理館內孩童健康的順英之民，臉上蓄著鬍子。

「他說……要是有珂璉的奇蹟就好了。」

一聽到這句話，保母長的身體頓時有些僵硬。

「小雪，該回去囉。妳要看好爺爺的蠟燭才行呀。」

「嗯。」

小雪乖乖地點頭應答。握在小手裡的花垂頭喪氣。小雪注意到這件事，便用小手扶著花萼支撐著白花。接著，她自言自語似地嘀咕。

「如果爺爺是珂璉人……就用不著死掉了吧……」

心臟重重一跳。

觀風固然驚訝，不過保母長的內心更加驚慌吧。她慌張地拉著小雪的手再度催促，向觀風行了一禮後隨即離開房間。

房內只剩下自己後，觀風好一陣子都一動也不動。

他真的就像一尊石像般坐著不動。他集中精神，想要整理自己心裡產生的負面情緒，然而卻不怎麼順利，為了控制為此而焦躁的自己，他再度集中精神。

手中那杯薑茶已完全涼掉，甚至令他感到冰冷。

雷雨並未持續太久。

等強風帶走烏雲、藍天自殘留的薄雲縫隙中露出來後，觀風便步出「愛兒館」。保母長與幾名孩子一如往常送他到門口。小雪也在其中，剛剛吃了點心的她露出無憂無慮的笑容。觀風也一如往常對他們說「我會再來看你們，要當個好孩子」，然後就轉身離開了這裡。

他走在泥濘的道路上，先去牽寄放在哈圖那兒的馬，再返回珂璉之崗。

只有珂璉人能住的山崗。

總是俯視著順英人的山崗。

日照充足，排水良好，亦十分通風，是一塊住起來很舒適的土地。

平緩的山坡經過整地，通往大宅的路則鋪上貴重的白色石板。

雖然規劃整地的是珂璉人，但實際辛苦勞動的卻是順英之民。而且為珂璉人做事，基本上是沒有報酬的。為什麼呢？因為珂璉人同樣無償提供順英人，這塊名為阿迦奢的良地、如來的教誨，以及「珂璉的奇蹟」。

一回到家裡，小陶就飛奔過來。

「觀風大人！幸好您平安無事！剛剛的雷好可怕呢……我很害怕，只能躲在廚房角落發抖……」

「這幢大宅很堅固，只要待在裡面就不用擔心……非者怎麼樣？他怕打雷嗎？」

「怕打雷？沒有沒有，怎麼會呢。」

小陶笑著回答。

「此話怎講？」

「因為前陣子庭院出現紅毒蛇時，他面不改色地一把掐住蛇的脖子把牠抓起來嘛。還有小小打呵欠的時候，他發現貓草纏在牙齒上，居然直接把頭伸進牠的嘴裡。我看得是捏一把冷汗，他卻若無其事地幫小小取下貓草。打雷更是一點也不怕。不過他看到我很害怕，就陪我等到雷停了為止……邊等邊吃瑪德蓮。」

「會不會只是因為他想吃瑪德蓮？」

觀風這麼問，小陶一聽呵呵笑著回答「我想應該不是」。

「因為，他明明可以帶著瑪德蓮離開，卻一直坐在廚房地板上。他就坐在我旁邊，像這樣肩挨著肩……他很體貼呢。」

那可難說吧？想是這麼想，觀風並未說出口。

最近非者都沒表現出反抗的樣子，乍看態度很溫順，但他應該仍想要逃出這裡才對。假如觀風是非者，就會先拉攏小陶吧。然後再請他幫忙，趁主人不在時逃走——想到這裡，觀風忽然發覺，自己會這麼想，是因為自己心胸狹窄吧。身為娑門居然有這種想法，真是慚愧。

「……我借了明晰的馬，你能幫我牽去還給他嗎？」

觀風這般委託小陶。由於太陽也快下山了，觀風便又補上一句：「把馬還給明晰後，你就可以直接回家了。」之後他就回到自己的房間換衣服，並解開綁起來的頭髮，重新用乾布仔細擦乾。小陶在離開大宅之前，端了一杯溫的藥草茶到觀風房間。茶散發著橙花香氣，據說有助於轉換心情。看樣子，小陶覺得觀風看起來很消沉。是小陶的直覺很敏銳，還是觀風的情緒洩漏了幾分呢？

喝完藥草茶時，茜色的陽光已照進房內。

是因為空氣含有大量的水蒸氣吧，天空燃起一片深紅色的美麗晚霞。教人不敢相信，幾個小時前才經歷了一場暴風雨。風帶走了大部分的雲，如此看來明天會是晴天。

然而觀風的內心卻未放晴。

不過，他本來就少有心情開朗的時候。

若用天空來形容觀風的內心，那麼他的內心總是處於微微的陰天。而且，今天的雲層還格外沉重低垂。

他知道原因，也知道介意無濟於事。

換作平常的話自己能夠淡然處之，讓這種情緒過去，可是今天卻怎麼也做不到。

倘若置身在夕陽的紅光之中，心情是不是就能有所改變呢？觀風如此想著，起身前往中庭。

這個中庭是對事物不怎麼執著的觀風，唯一展現其堅持與講究的地方。在珂璉之崗上，只有這幢大宅擁有如此寬敞，而且造景講究的中庭。到父親這一代為止中庭還只是個普通的庭院，但在觀風成為主人後……也就是只剩觀風一人住在這裡後，他就大幅改造了這個地方。

中庭裡有豐富的植栽、池塘、草坪、岩石、溫室等等。

為了防止飼養的生物逃走，四周築有高聳的圍牆，不過他巧妙配置種植的樹木來遮擋圍牆，乍看會讓人產生錯覺，以為這裡有一座小森林。庭院中央是小小常打滾玩耍的草坪，此外還設置了一座漂亮的石造噴水池。這座噴水池也兼作供動物與鳥兒使用的飲水池。要設置機關讓水持續流動、循環，並保持水質乾淨，需要高度的知識與技術，當時明晰還提供他意見。

噴水池中央有一尊石像。

阿迦耆的裝飾石像大多採用少女像，給孩童加上翅膀的天使像也很常見。不過，隨意製作如來像是不敬的行為，因此安放在石塔裡的如來像是唯一的一尊。而且，那尊石像沒有五官，這是因為不得將如來的外表設定得像某個特定人物。

觀風並未在自己的噴水池上，設置少女或天使的石像。因為他有個一直很想使用的造型，那就是出現在阿迦奢民間傳說中的生物。雖然後來巧妙地融入如來的教誨之中，不過兩者原本毫無關聯。此外，這個生物也未必是「善」的象徵。

觀風委託雕刻師時，對方露出了驚訝的表情。

雕刻師應該很意外吧。但當時也在一旁的明晰卻笑著說：「我就知道。」看樣子他還記得小時候，觀風對那個生物情有獨鍾。

觀風年紀還很小的時候……他不只一次告訴朋友自己那無窮無盡的想像，例如那個生物長什麼樣子、觸感如何、會發出什麼樣的叫聲、是如何在空中翱翔……

明晰從小就喜歡看書，頭腦又聰明，他曾對觀風說：「我想世上應該沒有那種生物，但要證明不存在也很困難。」

迦樓羅。

巨大的、傳說中的神鳥。

此刻，祂就在觀風的噴水池中央展開雙翼。

模樣當然是觀風自己的想像。他參考古老的圖畫故事書自行設計造型，再請人製作。上半身為人，下半身為鳥，並擁有銳利的鉤爪。雖然像女人一樣有乳房，臉部卻是年輕俊美的青年，此外還以大翅膀取代雙手——相傳祂的翅膀巨大到可載著人飛行。

這位以巨大翅膀颳起旋風的昔日神祇，似乎是「變化」的象徵。

雕刻師經過一番努力後，製作出相當完美的雕像。觀風也很滿意。

彷彿正要起飛的迦樓羅腳下，有池水源源不斷地湧出。噴水池為圓形，邊緣還設置了可供人坐下來休息的臺階。

有心事時，觀風常會在這裡度過獨處的時光。這裡是適合聽著流水聲，靜靜思考的好地方。

然而現在，有人搶先一步坐在那裡。

觀風看到的是背影。那個人穿著順英風格的白色丘尼卡。

「你在做什麼？」

觀風出聲問道，非者轉過頭來，反射著茜色斜暉的水花成了襯托他的背景。

「那裡不是洗腳的地方喔。」

觀風走近噴水池。他指著非者泡在池水裡的腳，然後刻意皺眉搖頭，比出「把腳拿出來」的手勢。非者看了之後略微努起嘴巴，示意某樣東西。觀風往那個方向一看，發現有一隻小鳥正在洗澡。

「……鳥沒關係，但人不行。快點把腳拿出來。」

再重複一次同樣的動作後，非者才一臉不滿地把腳移出噴水池。他迅速踢動雙腳將大部分的水甩掉，然後穿上脫在旁邊的手編涼鞋。涼鞋並非皮革材質，而是用麥稈編製而成，因此透氣性佳。那是順英人愛穿的鞋，多半是小陶帶來的吧。

非者並沒有離開這裡。

他安靜地坐在噴水池邊，擺動雙腳玩耍，一副完全不在意觀風的樣子。當初來到這裡時的戒備模樣不知消失到哪兒去了。晚霞的顏色越來越深，裝飾在非者頭髮上的珠子反射著光線，閃閃爍爍。

帶了金色的朱色眼眸半瞇著仰望天空。後仰的纖細脖子勾勒出一道優美的線條。

觀風也在噴水池邊坐下來。他坐在非者的旁邊，兩人中間隔著約一個人的距離。

其實觀風想一個人靜一靜，但把非者趕走又顯得自己很沒肚量。不過，觀風也沒道理非讓他不可。因為這裡是觀風的中庭，噴水池亦是觀風的。

於是，最後就變成兩人並坐在晚霞之下。

「……你居住的世界……」

觀風什麼也沒多想，便將突然浮上心頭的話語說出口。

「是怎樣的地方呢？應該跟這裡相當不同吧。」

反正對方也聽不懂，他就像在自言自語。

「森林裡充滿了神祕的動物與昆蟲。牠們有時很可怕，但另一方面卻也很美麗。對人而言不算舒適的環境，生物反而富有多樣性……就是為了在這種環境下生存，你們的身體才會產生變化嗎？背部的皮膚很強韌，炯亮的雙眼充滿了生命力，即使被人戴上腳鐐也絕不屈服。其他的非者也都有著紅玉髓之瞳嗎？還是說，每個人的瞳色都不一樣？無論如何，你們的視力應該很好吧？畢竟要在森林裡找出獵物。」

非者仍然望著天空，看都不看觀風一眼。也許在他耳裡，觀風的說話聲就跟風吹動草木所發出的沙沙聲差不多。

這樣就好。

這樣自己就能繼續說下去。

「……在這裡……在阿迦耆，存在著兩個人種。」

自己只要自顧自地、隨心所欲地說話就好。

將平常只會留在腦中的想法化為言語宣洩出來，感覺並不壞。

「這兩個人種分別是珂璉人與順英之民。根據古文獻記載，珂璉人先來到這塊土地，在如來的庇佑下開拓阿迦奢，並且收容保護之後來到這裡的順英之民。」

不過這份古文獻，理應就是珂璉人自己寫下的。

順英人沒有文字。雖然他們有生活所需的、極為簡單的標記符號與數字，不過只有珂璉人擁有足以詳細記錄歷史的文字文化。

因此，阿迦奢的歷史向來是由珂璉人記錄。既然如此，這段歷史就未必全是事實。這塊土地最早的居民也有可能是順英人，亦有可能兩者幾乎同時抵達這裡。

畢竟歷史是由先得文字者所寫。

珂璉人的孩子年滿七歲就會到學舍學習歷史與文字，反觀順英人的孩子沒有學舍，他們很早就開始幫父母做事或照顧弟妹。難得出現格外聰明的順英孩童時，珂璉人通常會收為養子。

「你應該也早就注意到了，珂璉人與順英人光是外表就不一樣。珂璉人的個子明顯比較高，順英人則比較矮小強壯。這或許跟珂璉人不從事肉體勞動也有關係……壽命也有很大的差距，我們珂璉人比順英人還要長壽。」

珂璉人的一生，相當於順英之民的好幾代。於是就會發生這樣的現象：年老的順英人，歲數反而比年輕的珂璉人還小。

「順英人無論男女都是勤奮的勞動者。種植麥子與蔬菜、養牛製作起士的都是順英人。至於我們珂璉人，則是努力維持這塊土地的平靜與安穩。將如來的教誨傳授給順英人、配製特殊的藥物……還有像我這種觀測天候的娑門，以及管理農作或開發建設城市的娑門。順英之民與珂璉人，無論缺少哪一個，阿迦奢都無法正常運作吧。」

觀風嘆了一口氣。

他知道這段自言自語未免太長。然而此刻，自脣間傾洩而出的話語……不，自脣間滿溢而出的話語怎麼也止不住。

「身材大小、壽命、適合做什麼工作……珂璉人與順英人的差異不只這些。孩子的數量也不同。順英女性一生能產下三到五個孩子。雖然當中也有身體虛弱而無法長大的孩子，不過還是比珂璉人好得多。珂璉夫妻能有一個孩子就很幸運了。」

聽說珂璉女性原本孩子就生得不多，但最近這兩百年狀況變得更加嚴重。過去「純正的珂璉血統」受到尊崇，可如今卻面臨「堅持這種觀念有可能導致家系絕嗣」的現實。

「珂璉人與順英人結合的話，生下孩子的機率會比較高，所以也有珂璉男性納順英女性為妾。而他們生下的孩子，外表跟順英人差不多，珂璉的血統好像會變得非常稀薄。」

此外也不會出現像觀風或明晰他們那樣，擁有特殊能力的後代。有珂璉人認為，這是因為他們不是「如來的孩子」。

「我們和……順英之民，的確不一樣。可是，大家都是生活在阿迦耆、崇敬如來的同胞。既然如此，彼此之間就不該存在……不公平。」

他們的生活，應該同樣受到保障。

他們的生命，應該同樣受到重視。

然而。

——如果爺爺是珂璉人……就用不著死掉了吧……

小雪那句話在腦海中縈繞不去。

她的年紀還那麼小，就已經體會到了。

體會到默許的不公平。而且，正因為她年幼純真，才敢當場說出「如果是珂璉人，就用不著死了」這句話。

「有個順英之民死了。他是個老人，不小心受了傷……」

不知何時，非者已轉過頭來注視著觀風。觀風也看著非者的眼睛；看著那抹彷彿倒映著此刻的天空一般、紅玉髓似的顏色。

「如果趁早服藥，應該就能得救吧。」

不消說，非者當然不會答腔。

他只是注視著觀風。他多半在想，觀風一直自顧自地說話，真是個奇怪的傢伙吧。

又或者，他可能覺得觀風的瞳色很稀奇。森林之民是不是無人擁有灰藍色的眼珠呢？

「這裡有一種藥叫做『珂璉的奇蹟』，對高燒與肺炎等症狀有立竿見影之效。但這種藥很難生產，數量有限，所以受到嚴格管控。遺憾的是，那位老人拿不到這種藥。」

為什麼呢？其中一個原因是，他的年紀超過五十歲了。

「那種藥只開給五歲以上、未滿五十歲的人。」

五歲以下的孩子身體的抵抗力很弱，故死亡率很高。反過來說，超過五歲的孩子擁有一定程度的抵抗力，之後存活下來的機率也比較高。

「所以只要年滿五歲就能使用『珂璉的奇蹟』。而年紀超過五十歲後……剩餘的壽命很短，而且孩子或孫子都養大了，肌力也會逐漸衰退，越來越無法從事粗活。不能將珍貴的藥用在這樣的對象身上。」

「可是，」觀風接著說，「換作珂璉人就沒有年齡限制。」

有需要時，就會開需要的藥。無論對象是三歲，還是一百五十歲。

換句話說，花壇爺爺——洛克會死，是因為他是順英之民。因為他是年老的順英之民，才會無法取得「珂璉的奇蹟」。就跟小雪說的一樣。

「沒有順英之民抗議這不公平……更正確地說，是表面上無人抗議。因為那是珂璉人製作的藥……只有珂璉人能夠生產那種藥。」

負責配製與管理「珂璉的奇蹟」的人是【無言娑門】。

這個名稱來自於「絕對不會洩漏製藥的祕密」，實際上他們割掉了舌尖，因而難以說話。他們的出身來歷通常不會公開，此外他們極少跟其他的娑門交流，也沒義務出席評議會。

「……之前我都不曾在意過這種事。我一直認為這是理所當然的，畢竟從前就是如此，今後也會是這樣吧。」

為什麼呢？為什麼自己會這麼想呢？為什麼會認為，既然之前都是如此，今後也繼續維持就好呢？

「……我也許是個非常遲鈍的人。」

非者仍然看著觀風。他略微歪著頭，髮飾也隨之搖動。觀風以為他差不多聽膩了，想要離開這裡，結果他並未這麼做。

至於觀風則是阻止不了滔滔不絕說個沒完的自己。

「我的情緒起伏很小，情感也很淡薄。講得好聽點是冷靜，講白點就是遲鈍。這好像是從前的珂璉人常見的氣質傾向。聽說我出身的家族長久以來都避免與順英人混血，所以這項特徵至今仍深刻地保留在我們的血統裡。別人稱我們為純血的名門望族，有些族人還感到很榮幸，但遲鈍有什麼好榮幸的。再加上子嗣越來越少，最後終於只剩下我一個人了。雖然旁系還有一個值得期待的晚輩，我死了以後那孩子應該會繼承家主之位吧，但……直系一脈就絕嗣了。」

這也沒什麼大不了的。

觀風本來就對家主之位沒興趣。祖父和父親也說，成為娑門替阿迦耆與如來效力更加重要。

「……我沒為那名死去的順英老人流下一滴眼淚，也沒對珂璉人和順英人之間的不公平感到憤慨。我的心沒有任何反應，所以才會被人稱為石像。」

夕陽就要完全隱沒了。

中庭變得越來越暗。

「……有時……我會忍不住懷疑……自己真的還活著嗎……」

再過不久，這個中庭也會被黑暗籠罩吧。

「很小的時候，我也有過內心躍動的瞬間。例如發現稀奇的動物或美麗的昆蟲時、看到美妙的天空變化時，以及學到那變化跟天候有何關聯時……但這些都是很久以前的事了，當時的感覺已變得模糊不清。長大成人、當上娑門之後，我的心就越來越沒反應了……但是──」

在昏暗的光線下，可以看到非者的瞳孔變大了。紅玉髓的中心是一團漆黑，這種顏色的反差極美。

「與籠中的你視線交會時……我立刻就發現了。我想起了自己的心臟，位在體內的哪個地方。」

當時觀風的心，就是跳動得如此激烈。

「所以我想……自己應該還活著才是……」

懷著一顆遲鈍的心。

猶如冰冷的石像一般，表情沒有絲毫變化。

就這麼默默地、淡淡地持續履行娑門的義務，度過每一個日子。絕大多數的順英人，都會比觀風早一步離開人世吧。就連那個年幼的小雪也不例外吧。畢竟之前就是如此，今後也會是如此。那些孩子將會長大、談戀愛、與伴侶生養孩子然後死去，而觀風只是從旁看著這一切。

不，未來他連旁觀的機會都沒有。

成為賢者後，就會面臨這種狀況。

雖然能獲得如來傳授的智慧、能夠接近如來，觀風卻得遠離人群。他會跟從古至今多數的賢者一樣，大部分的時間都在如來之塔內沉睡。因為賢者的任務，就是在必要的時候醒來，將如來的意思傳達給人們。在如來的庇佑下，賢者會得到比一般的珂璉人還要長的壽命。大概能活超過兩百年吧。

明晰與治癒兩人，都會比觀風早一步歸天吧。

其他的道友們也是。

酷咕與大黑就不用說了，連在獸類當中較為長壽的小小也都會不在世上。屆時觀風就會變成孤單一人，不過只要在睡眠中度過大部分的時間就不會感到孤獨。說不定賢者會陷入漫長的睡眠，本來就是為了保護心靈免於孤獨感的侵蝕。就某個意義來說，這麼做很合理。

可是，那樣一來——

那樣一來，可以算是……活著嗎……？

眼前頓時一片漆黑。

打開了絕對不能開啟的盒子，並將手臂伸了進去，但無論手探得多深都摸不到底……此時此刻觀風就是這樣的心情。原來盒子裡只有無窮無盡的黑暗。再怎麼凝神細看還是一片漆黑；只有一片漆黑。看著看著，整個身體就被吸了進去、被黑暗所吞噬。

那是連自己的手掌都看不見的黑暗。喪失方向感，甚至感覺不到自己的存在……

咻嚕嚕嚕嚕嚕、嗶——……
震動鼓膜的高音，令觀風回過神來。
雖然已回過神來，眼前仍是一片漆黑。
不過，這是因為太陽已經落下，眼前當然昏暗不明。只要冷靜下來察看周圍，便會發現中庭有朦朧的月光，也有幾盞屋內的燈火照到這裡，噴水池的水一閃一閃地反射著亮光。
因此，觀風也能看清楚非者的身影。
非者正在吹指哨。他將彎起的手指關節抵在脣上，吹奏著奇妙的哨音。要怎麼做才能吹出那樣澄澈的音色呢？
這時有一群小嬌客受到哨音吸引，聚集過來。觀風發現了牠們，吃驚地睜大了眼睛。
「小……」
他差點大叫出聲，趕緊閉上嘴巴。可不能驚嚇到那群相當膽小的小鳥。
啾、啾啾啾、嗶唷嗶唷嗶嘍嘍嘍……
啼叫聲輕快又可愛。
牠們正是琉璃雛。
那是一種有「夢幻的藍寶石」之稱的小鳥。戒心極強，不親人，而且十分罕見，只能在森林裡發現牠們的身影。由於模樣就像一顆璀璨的藍色寶石，再加上體型跟雛鳥一樣小，故命名為琉璃雛。觀風也曾為了一睹牠們的身影，親自到森林禁地的邊緣走了幾趟。然而，每次都只聞其聲，不見其影。他也曾懷疑，或許這種鳥並非真的會散發藍光。畢竟森林裡還有其他的藍色小鳥，說不定只是有人把牠們誤認成琉璃雛。又或者是陽光的強弱變化，使牠們看起來像在發光吧。

然而此刻，觀風在鳥鳴的圍繞中，目瞪口呆地看著眼前的景象。

原來傳聞是真的。那群藍色小鳥的確散發著光芒，看來似乎是羽毛在發光。觀風也認識幾種會發光的昆蟲，但……他從未見過如此強烈且鮮明的光輝。看上去儼然就是一顆藍寶石。

嗶嘍嘍嘍、咻——……非者持續吹著指哨，彷彿在演奏一段音樂。琉璃雛則配合哨音飛來飛去。數量看起來約有二十隻。藍色光團在非者與觀風的周圍飛舞，搖曳的殘像猶如乘風舞動的緞帶。

「……啊啊。」

觀風忍不住發出讚嘆聲。

感覺得到自己的表情放鬆下來。

嬌小、堅韌、美麗的生命散發著光芒，在自己的周圍躍動。

這時一陣風吹來，小鳥們輕飄飄地升騰至更高處。觀風的銀髮也被吹亂了。其中一隻小鳥發出「啾啾啾！」的急促叫聲，飛到了觀風的身旁，距離近到還差一點就會碰到銀髮。

還活著。

小鳥們都還活著。感受到這項事實的自己也同樣還活著。

原來世界是如此地光鮮亮麗啊。觀風感動得起雞皮疙瘩。

非者不再吹指哨，轉而將雙手伸向天空。那對紅玉髓之瞳看著觀風眨了一下，示意觀風「來吧，你也學我做一樣的動作」。

觀風點了個頭，將修長的手臂伸向天空。這個動作好似在向神聖的存在祈求守護，然而此刻他的腦子裡完全沒有如來。雖然對如來極為不敬，但這是事實。

之後他便保持這個姿勢。就跟非者一樣。

沒想到，那群琉璃雛紛紛停在觀風的手臂與肩膀上。如果是自己飼養的鴿子們倒也罷了，但停在自己的手掌、手臂、肩膀上的可是野鳥……而且還是據說非常膽小的琉璃雛。雖然驚訝到快發抖，觀風仍拚了命地保持不動。他正為了這群小鳥，努力扮演一棵樹。

觀風緩慢地轉動脖子，察看非者的狀況。非者同樣一動也不動，不過他的姿勢比觀風還要自然且放鬆。

那張側臉略微仰起，鼻子上還停著一隻琉璃雛。小小的藍色光團，照亮了那張俊俏的臉龐。非者閉著眼睛。大概是覺得癢吧，纖長的睫毛頻頻顫動。看來他已經忍了一會兒，但……最終還是忍不住癢的感覺，晃動肩膀笑了出來。

他發出輕細的聲音——笑了出來。

琉璃雛一同拍動翅膀。

牠們從非者以及觀風身上飛了起來。留下高亢澄澈的啼叫聲，就這麼飛走了。藍色光團升騰至某個高度後就消失了。

好幾根小羽毛輕飄飄地飛落而下。

觀風仍有一種置身夢中的感覺，他站起來，撿起掉落在草坪上的羽毛。然而那根羽毛不僅沒發光，甚至也不是藍色。

羽毛是淡茶色。觀風恍然大悟，琉璃雛的羽毛只有發光時才會看起來像藍色吧。平時牠們應該只是羽色極為樸素的小鳥。

中庭再度被寧靜的夜晚包圍。剛才到底發生了什麼事呢？觀風依舊難以置信。

坐在噴水池邊的非者仍望著天空。他的目光正追逐著那群小鳥嗎？現在這麼暗，他看得到嗎？

自己帶回來的，究竟是何方神聖？

觀風懷著這樣的心情，靜靜地注視著非者。

居住在未開發的森林裡、不被視為人的人。

遭人關在籠子裡時，發出野獸般的低吼、眼裡燃著怒火的人。

討厭別人碰自己的頭髮，而且對裝飾頭髮一事很講究，還能喚來琉璃雛的人……

不知是不是因為注視得太久，非者轉頭面向觀風。

本來以為他會擺出不滿的表情，沒想到表情卻沒什麼變化。他按著自己的上腹部，先是做出幾次摩擦的動作，接著略微噘起嘴巴。

就跟往常一樣，他是在告訴觀風，自己肚子餓了。

「……嗯。去吃飯吧。」

觀風這麼回答後，忍不住吐出一小口氣，開顏一粲。

時隔幾十年，他終於再一次笑了。

# 第四章 三葉草村

「觀。」

耳邊傳來呼叫聲，觀風回頭看去。

只見非者站在門口，手上拿著幾條絲質細緞帶。

「好，過來這邊。」

觀風這麼一喚，非者便大步流星地走進房間。這些末端串著裝飾珠的緞帶是拿來綁頭髮的，但他似乎不太會用。觀風指著自己面前的椅子，非者便往那兒坐下來。

「你綁頭髮的方式，也跟我們不一樣呢……我看看，如果從這裡像這樣穿過去，再弄成這樣就會整齊了，裝飾珠也能看得很清楚。」

「嗯。」

非者點頭後，先用手摸了摸，確認緞帶是如何穿進頭髮的。觀風將手鏡遞給他，他便聚精會神地盯著鏡子稍作調整，然後再度看著觀風點頭。

「滿意嗎？」

「嗯。」

「我再叫人準備幾條不同顏色的緞帶吧……對了，這裡有你愛吃的點心喔。今天的是露露店裡的檸檬口味瑪德蓮，表面淋上了糖霜。」

觀風遞出裝著瑪德蓮的點心籃，非者只拿了一個。他不再像之前那樣，抱著整籃點心逃離現場。金黃色的瑪德蓮裹著一層薄薄的糖霜，非者吃了一口後，原本就不小的眼睛睜得更大了，他看著觀風。

「好吃嗎？」

「嗯。」

「是嗎，喜歡就儘管吃。不過，手指會黏黏的，吃完要記得擦乾淨。」

非者再度點頭，並伸出另一隻手抓起一個瑪德蓮。

原以為他要一次吃兩個，沒想到他卻把另一個瑪德蓮遞給觀風。這個非常好吃，你也吃吧……他的意思大概是這樣吧。

觀風默默地收下。

雖然肚子不怎麼餓，但因為非者一直盯著他看，觀風便也吃了起來。觀風本來不愛吃甜點，可最近像這樣跟非者一起品嘗後，他已經能夠接受與喜歡這種食物了。露露做的瑪德蓮特別可口，但因為很甜，讓他忍不住想要喝茶。小陶差不多要送茶過來了吧。

「……喂。」

在大口吃著瑪德蓮的非者旁邊，坐在另一張椅子上的人物出聲叫道。

「喂，觀風。」

那個人正是明晰。

「怎麼了？」

「你看得到我嗎？我應該沒變成透明人吧？」

「你在說什麼？」

「剛才你們完全陷入了兩人世界啊。你們的感情變得真好呢。」

「因為瑪……非者適應這裡後就安定下來了。」

「啊！你取名字了喔？是叫瑪德蓮，對吧？」

「………」

「居然取了這麼可愛的名字，他本人明明是個頑皮鬼。」

「………」

「我是很想勸你別幫他取名字，不然會產生感情，但既然已經取了那就沒辦法了。這樣也好啦，畢竟『非者』不是什麼好字眼，不適合當作稱呼。」

「你早就知道非者是什麼意思嗎？」

「你以為我是誰？我可是珂璉第一大書蟲耶……不對，最大的書蟲是記憶吧……總之我知道，原意是『非人者』吧。瑪德蓮比非者好聽多了。對吧？」

明晰看著旁邊這麼問。

被人以甜點取名的青年只是困惑地歪著頭，伸手去拿下一個烘焙點心。

「他剛才叫你『觀』……難道他學會我們的語言了？」

「只是記得幾個單詞罷了。」

「這樣啊。那麼，他還沒辦法聽懂我們的對話吧……也是啦，語言不可能那麼快就學會。」

這時，小陶小心翼翼地端著大托盤走了進來。托盤上擺著一壺藥草茶，以及兩只杯子。「啊！原來你在這裡啊。」一發現瑪德蓮，小陶便用親暱的語氣這麼說。

「不可以打擾娑門大人談話喔，瑪德……啊！對不起……！」

小陶不小心叫出名字，慌張地把最後一個字吞回去。聽到明晰笑著說：「沒關係啦，反正已經曝光了。」他才露出安心的表情。「我真是個大嘴巴，實在很糟糕……」小陶細心地倒著藥草茶，有些沮喪地反省道。

「不過我在外面絕對不會提起這件事。真的，觀風大人。」

「拜託你了。」

「是，那麼我先告退了，如果茶水不夠了，請儘管吩咐我。瑪德蓮，你可以幫忙我打掃鴿舍嗎？」

小陶擺出鴿子拍動翅膀的動作，以及拿掃帚的動作，藉此向瑪德蓮表達自己的要求。瑪德蓮點了個頭，起身時又拿了兩個蜂蜜色的烘焙點心，然後走向小陶，將其中一個遞給他。

「謝謝，可是，這是觀風大人他們的點心……」

小陶一副過意不去的表情，觀風見狀便說「沒關係」，允許他收下。小陶聞言露出微笑，低頭行了一禮後，就帶著瑪德蓮離開房間。短短幾秒後，走廊便傳來兩人的笑聲。看樣子小陶與瑪德蓮已完全打成一片了。

「……是五天後，對吧？」明晰問。

「對，因為那天是吉日。」觀風答道。

五天後，他要讓瑪德蓮回到森林。

阿迦耆的曆法是由觀風與萌芽共同制定。雖然是適用於農事生產的曆法，不過當中還訂定了幾個適合順英之民舉行儀式的日子。這些日子與如來的教義無關，而是自古流傳下來的吉日與凶日。

觀風平常不會去在意曆法上的吉日。

不過，這次為了爭取時間等瑪德蓮的傷痊癒，他才以此做為藉口。

「這樣一來不是會很寂寞嗎？」

「小陶會吧。」

「我就當作是這樣吧。好啦，繼續剛才的話題。」

明晰話鋒一轉，回到正題上。

今天他是來找觀風討論三葉草村發生的疾病。這個村莊位於城市的西南方，兩者相距約半天的路程。聽說治癒已前往當地，並派人快馬回報情況。

「嬰兒之所以又稱為赤子，是因為他們的皮膚一般都偏紅色，但發病的嬰兒卻呈現藍紫色，而且呼吸困難……遺憾的是最後不幸死亡了。那孩子才四個月大。原因尚未釐清，就又有其他的嬰兒陷入同樣的狀態。幸好症狀輕微，目前狀況似乎已穩定下來。」

「是同一對父母的孩子嗎？」

「不是，他們也不是近親。」

觀風眉間的皺紋變得更深了。在阿迦耆，嬰兒死亡可是重大問題。

雖說珂璉人很早以前就面臨少子化問題，但其實最近這五十年，順英人的出生率同樣逐漸下滑。因此，順英人都很珍惜且重視誕生下來的孩子……可惜仍舊會發生這樣的悲劇。

「年紀大一點的孩子有異狀嗎？」

「好像沒有。大人也一樣。」

「嬰兒的母親有患病嗎？」

嬰兒的食物是母乳。如果母親的身體出問題，有時會影響到母乳。然而明晰卻回答：「兩人都沒有生病。」

「直接去那個村莊看看吧。」

觀風如此提議，不過明晰並未立刻點頭贊成。喝完藥草茶後，他思索片刻，接著開口道。

「還沒有證據可以證明不是疫病喔。」

疫病即是會人傳人的疾病。這次尚只有兩名嬰兒發病，不過既然發生在同個村莊，的確不是沒有這種可能。

「沒關係。我想親眼確認村莊的情況。」

「把候選賢者帶去那種地方，長老們會生氣的。」

「誰說要你帶我去了？是我自己擅自跑去的。」

「太好了。這樣我就不會挨罵了。」

「無論挨誰罵都不痛不癢的人在說什麼笑話呢。」

觀風悶笑一聲這般調侃道，明晰頓時吃驚地瞪大雙眼，注視著觀風。

由於他實在看得很認真，眼睛一動也不動，觀風便問：「怎麼了？」

「你笑了呢。」

明晰如此答道。

「……我這是挖苦的笑。」

「我知道。就算如此你還是笑了。你已經有幾年不曾笑過了？不對，應該問有幾十年了？」

觀風答不出來，因為連他自己都不記得了。前幾天在夜晚的中庭裡被瑪德蓮逗笑時，觀風同樣為自己露出久違的笑容一事感到訝異，不過這件事他當然是祕而不宣。

「哎呀，原來你還記得怎麼笑，真是太好了。不過要不要緊啊？明天你的臉應該會很痛吧？因為臉部突然劇烈運動導致肌肉痠痛。」

「明晰。」

觀風瞪著朋友，要他別再開玩笑。

「何時要去那個村莊？」觀風回到剛才的話題，「早點過去比較好吧。明天如何？」

「我沒問題。不過，我還真是好久沒看過你的冷笑了……印象中大概三十歲以前還滿常看到那種表情的……對嘛，你本來就不會露出爽朗的微笑，只會一臉得意地冷笑……」

「滾，明天一早就出發。」

「知道了。明天敲第一聲鐘時，我會過來接你。噢，不必送我了。」

明晰邊說邊理衣袖，從椅子上起身。

本來就沒打算送他的觀風繼續坐著喝茶，沒想到已走出房門的明晰突然又探出頭來。

「如果你想知道露出爽朗微笑的訣竅，我隨時都……」

「快滾。」

觀風稍稍拉高音量下逐客令。

舊友誇張地聳肩後，這回似乎真的走掉了。聽得到他向錯身而過的小陶道別的聲音。

觀風嘆了口氣，接著露出苦笑。他發覺自己的臉部肌肉似乎已大致想起該怎麼笑了。

翌日一早，觀風與明晰便騎著自己的愛馬，一同前往三葉草村。

高階娑門外出時，通常會有護衛或侍童等隨行者陪同，但換作這兩個人就另當別論了。兩人都認為以最少的人數前往目的地最有效率，因此當然不會坐馬車慢吞吞地前進。此外自己的事能自己做，所以不需要侍童，而明晰的劍術也是一流，故不需要護衛。更何況，越高階的娑門越不會隨身攜帶財物，因此遭惡漢襲擊的可能性極低。

「啊……你們兩個都來了呀。」

在此停留數日的治癒出來迎接觀風他們。雖然他以平常那張和善的笑容面對兩人，不過臉上確實透露著疲憊之色。

「看你一副沒怎麼睡的臉色呢。」

聽到明晰這麼說，治癒便表示自己昨天的確沒睡。

「又有一名嬰兒的皮膚變成藍紫色了，但不是全身，而是出現在手指和耳垂等部位……我替他治療了一整晚，目前是穩定下來了。話雖如此，我也不知道自己究竟有沒有幫上忙。總之，得快點查明原因才行。」

「為了慰勞疲憊不堪的朋友，我們帶了點心過來喔。有焦香奶油瑪德蓮、蘋果派，還有堅果牛軋糖……」

「牛軋糖在哪裡？」

治癒逼近明晰，以飛快的語速問道。要讓精疲力盡的治癒恢復精神與體力，吃甜食可收到立竿見影之效。

在兩位朋友交談的期間，觀風則觀察村莊的環境。

這個村莊的土壤不適合種植穀物。因此，這裡大多栽培蔬菜與水果。他曾聽萌芽娑門說過，土壤的改良方法因栽種的作物而異，此外他們也在做種苗改良。此刻田裡仍遍布著翠綠的葉菜，村民們則勤奮地忙著採收。要是沒發生嬰兒的問題，眼前就是一幅恬靜的農村風光。

「尋找疾病的原因時，首先該懷疑的是水，然後是食物。此外還有家族性疾病、過去罹患的疾病或受過的傷……我的下屬正在四處探訪調查。觀風，可以麻煩你幫忙彙整那些資訊嗎？」

觀風接下治癒的請託，坐在特地為娑門空出來的房屋裡。他就在這棟樸素的農舍內，彙整治癒的下屬們送來的字條。由於沒設想到需要書寫的狀況，村民準備的桌子上有許多小洞，做起事來有點不方便。雖然這件事跟天候沒有直接關係，故不屬於觀風的職務範圍，不過這三位舊友經常像這樣互相幫忙彼此的工作。他們並未特別約定，是自然而然形成這種合作關係。

「怎麼樣？」

過了一會兒，明晰走了進來。

不知為何他的手上抱著藤簍，裡面裝著雞蛋與蔬菜，還有漂亮的大南瓜。

他往用來釀造愛爾啤酒的木桶一坐，將藤簍擱在腿上。

「……難不成你做起行商了？」

「不是，這是村民送的。我也去找幾戶人家打聽消息，結果對方就送我剛下的蛋、剛採的菜。待會兒來吃煎蛋捲吧。那麼，你理出什麼頭緒了嗎？」

「雖然他們詢問了七成的村民，但並未得到看似病因的線索。水是用從井裡打來的地下水，跟城市一樣哪。不過，農田有時也會從附近的小河汲水灌溉，此外還運用了集雨桶。」

「對啊，集雨桶是我做的。」

聽到明晰這麼說，觀風抬起看著字條的頭。

「啊，與其說是我做的，應該說製作方式是我提出來的。這裡不是種了很多蔬菜嗎？灑水灌溉可是很累人的工作。雖然他們在田地附近製作了大集雨桶，但每次用沒多久就開始漏水……我從萌芽那兒得知這件事後，便嘗試研究與改良。」

明晰從藤簍拿出一把青菜，喀嚓喀嚓地生吃起來，邊吃邊說「樹脂是關鍵」。

「因為會淋到雨，一般的樹脂撐不久。不過，我在古老的文獻中發現了好辦法。此外木材的加工也得講求精準度，所以我就向製作的師傅們提出一堆要求，結果被他們抱怨了一番呢。」

明晰這般一笑置之。

遭到抱怨這件事應該是真的吧。擁有天職的娑門各自都有突出的能力，每個人都很優秀。故順英人不可能對這些娑門發牢騷或抱怨，但只有明晰例外。這男人就是如此地親近民眾，同時也受到民眾敬愛。大多數的時候，民眾是出於對娑門的「畏懼」而展開行動。不過，明晰有時卻是靠「親切」驅動民眾。這是不懂人心的觀風絕對做不來的事。

「啊！他們該不會是喝了雨水吧？」

嘴裡叼著菜葉的明晰這麼問道，觀風回答他「這倒沒有」。

「雨水都用來灌溉田地，他們飲用的是井水。吃的食物以蔬菜居多，肉類則吃雞肉。雖然也會到城裡購買麵包，不過主食是薯類。大概是多吃蔬菜對身體有益，他們似乎比城裡的順英人還要健康。無論大人或小孩都很少生病……頂多偶爾因為喝生水而腸胃不適。」

「不過這種情況每個地方都看得到呢。珂璉人大多喝茶，但順英人──尤其勞動者都是大口灌著生水。可是，喝生水不至於危及性命吧？」

「頂多是有點腹瀉啊。」

「而且，這次的患者是還不滿一歲的嬰兒。嬰兒只喝奶水。」

正是如此。嬰兒只喝母乳，所以不可能跟水或食物有關。

……慢著，難道未必如此？

觀風握著筆，再度注視明晰腿上的藤簍，並搜尋自己的記憶。那是埋藏在極深之處的微小記憶。久遠到就快消失，但尚未徹底遺忘。

是他與父親的回憶。

髮色與觀風相同的父親；在觀風九歲時辭世的父親。父親留給他的記憶不算太多，而那是其中一段回憶。

「……母親生下我不久就去世了。」

聽到觀風開口這麼說，明晰似乎不知該做何反應。

「怎麼突然提起這件事。我知道啊，畢竟我們是一塊長大的嘛。」

「所以我是喝乳母的奶水長大的，但聽說我以前是個不愛喝奶的孩子。乳母很擔心，費盡心思要讓我喝奶，還曾改用羊奶餵我。後來有一天，父親一時心血來潮，把沾著南瓜濃湯的湯匙遞到我面前，沒想到我舔得很開心……」

「哦，南瓜是吧？」

明晰拿出藤簍裡的南瓜，咚咚地拍了拍。

「你說的是常做為離乳食品的那種濃湯吧？」

「沒錯，聽說我是在距離離乳還很早的時期就開始吃了。」

「因為有的孩子愛喝奶，有的孩子不愛喝嘛。」

觀風從手邊那疊紙片中挑出三張，遞給明晰。

「這是此次孩子病死，以及孩子有症狀的母親提供的線索。三人都表示『孩子不愛喝奶』。既然如此，孩子有可能吃了母乳以外的東西。」

明晰盯著紙片站起來。

「我去問個清楚。」

「慢著。」

「怎麼了？我得快點去打聽才行。」

「把藤簍放下再去。」

經觀風這麼一說，明晰似乎才終於注意到自己仍把藤簍抱在身側。他「咚」的一聲將藤簍擱在桌上，留下一句「南瓜就送你吧」後，這回真的跑了出去。這男人總是匆匆忙忙的。

屋內只剩自己一人後，觀風看著那顆有著綠黃花紋的南瓜。

他試著想像那個舔父親遞出的湯匙，還只是嬰兒的自己，但一次也沒有成功過。

疾病的發生原因並不是馬上就能查明。要先蒐集資訊、進行分析、觀察情況，再花時間探索，但很多時候依然查不出原因。

這種時候，只能先從最好避免接觸的東西去推測。

「經過調查，三名母親的共同點是，都給嬰兒餵了蔬菜糊。」

村民們認真聆聽治癒的說明。眾人聚集在村長家，觀風與明晰則站在最後面觀察村民們的反應。

「南瓜、青菜、紅蘿蔔……餵的不是特定的蔬菜，而是當時現有的且嬰兒不排斥的蔬菜。如各位所知，嬰兒吃這些東西並不罕見。只不過，通常都是出生半年後才開始餵食，這次出現症狀的孩子，全都出生還不滿半年。」

「請問……」

有位年長的農婦舉手，治癒請她發言。

「我家那個已是中年大叔的兒子，也曾在不滿一歲時吃過番薯泥。可是他後來也沒出什麼毛病呀……」

「米亞太太的兒子我記得叫做肯吧？那麼就是四十年前的事了。」站在後方的明晰補充道。治癒聞言點了個頭，將視線拉回到農婦身上。

「各位應該也知道，土壤的性質會隨著時間改變。土壤一旦改變，能夠採收的作物也會受到影響。現階段無法排除，對嬰兒有害的成分跑進蔬菜裡的可能性。目前未滿一歲的孩子，請盡量只餵母乳。泌乳有困難的人，請找其他有奶水的女性幫忙。」

「我們的蔬菜很危險嗎？不能吃嗎？」

室內一隅傳來不安的疑問聲。治癒立刻回答「不需要擔心」。

「畢竟還沒確定原因就是蔬菜，況且只有嬰兒出現症狀。」

「沒錯，大家可以放心吃啦。何況你們的蔬菜又很好吃。」

明晰啃著生的紅蕪菁如此答道。他是為了吃給大家看，才會一直拿著紅蕪菁嗎？

的確，只要有既是珂璉人又是高階娑門的明晰掛保證，村民們就能放心。不過，他也可能只是喜歡生吃蔬菜罷了，真是個難以捉摸的男人。無論如何，村民們總算露出了安心的表情。「奇怪？明晰大人，您又拔走我們家的蕪菁啦？」某位村民這麼問，惹得眾人哄堂大笑。

這場集會就此結束，村民們各自返家。村長向治癒道謝，不過治癒的神情卻有一點憂鬱。

「……假如原因出在土壤，不知道今後會發生什麼情況啊。」

明晰小聲嘟囔道。珂璉人很長壽，因此都是以很長的時間跨度來看待事物。接下來的一百年，有必要仔細觀察這裡的土壤和作物吧。

「不過，身體不適的嬰兒已經康復了。這是值得慶幸的事。」

「是啊。」

「已經傍晚了呢，要不要明天再回去？剛才那位米亞烤的雞肉派比城裡賣的好吃喔……啊，不過你想回去吧？畢竟瑪德蓮還在家裡等你嘛。」

見明晰面帶賊笑這麼說，觀風瞪著他回答：「明天就明天，不過必須一早就啟程。」就在這時——

「觀風大人！」

外頭傳來呼叫聲。是小孩子的聲音。

觀風走到戶外察看，孩子們便指著越漸昏暗的天空大聲嚷著：「是大黑，大黑來了喔！」

觀風仰望天空。幾乎同一時間，耳朵也聽到了那獨特的粗啞叫聲。由於正好位在夕陽的方向，刺眼的光線令人難以看得清楚，觀風瞇著眼睛觀察身形。以那個大小來看的確是大黑。

牠的身影迅速變大。換言之，牠正以極快的速度飛來。

觀風既沒拿出鳥笛，也沒呼叫大黑。這意謂著，大黑是主動飛來這裡的。牠來到主人的正上方後就一直旋繞著，並且不斷大聲啼叫。這個狀況代表了一個意思……觀風皺起眉頭。

「你趕緊回去。」

不知何時站到觀風旁邊的明晰這般催促道。

「你家不知道出了什麼事。你現在就立刻回去。奧坎……不行，天色已經暗了下來。如果要走夜路，還是騎謹慎的初雪比較好。總之快走吧。」

說完的同時，他往觀風的後背推了一把。

給明晰的手這麼一碰，觀風才發覺自己的背部肌肉相當緊繃。觀風一句話也沒說，就這麼順著明晰推他的力道趕往馬廄。他簡短地命令愛馬「速回」，然後騎到馬背上。

初雪從一開始就全速奔馳。由於當時還在村莊內，村民們都給初雪的速度嚇到目瞪口呆，觀風就這樣從他們的旁邊經過。

家裡發生了什麼事——他早就有所預料。

大黑並非聽得懂人話，不過牠掌握狀況的能力很強。而且牠也會認人，尤其小陶更是牠非常熟悉的人物。如果說觀風的大宅裡，發生了令小陶倉皇失措且足以引起大黑注意的事……以現狀來推斷應該就只有一件事了。

愛馬在黑暗之中狂奔。

耳裡竄入大黑呼喊似的啼叫聲。牠正在為觀風帶路。今晚是新月，天空很暗，自雲縫間露出的星星不多。

要是自己會飛就好了。

觀風如此想道。這是他頭一次產生這個強烈的念頭。要是能像大黑一樣、像風一樣，劃破天空飛到想去的地方就好了。即便處於漆黑之中，或是在暴風雨當中，他仍想要疾飛而去。

啊……原來如此。觀風總算明白了。

所以人才會想要飛上天空啊。

為了用比步行、比奔跑、比騎馬還快的速度趕到那個人的身邊。

他是不是很害怕呢？

有沒有胡亂反抗，因而遭到粗暴的對待呢？有沒有受傷呢？更壞的預感一閃而過，觀風將之逐出腦海。他真痛恨自己，怎麼會以為待在大宅裡就很安全。瑪德蓮可是非者。不把非者當人看的那些人，什麼事都做得出來吧。被視為觀風所有物的小小，牠的生命安全還比瑪德蓮更有保障。

「觀、觀……觀風大人，瑪德蓮他……」

「小陶，冷靜一點。」

小陶哭得抽抽搭搭，在大宅的前庭等著觀風。中庭也傳來小小的鳴叫，那是表達不滿的叫聲。

「你先深呼吸，然後告訴我，到底發生了什麼事。」

「好、好的……事情發生在下午……我給小小餵完零食之後，突然來了好幾位面具迻門大人……我記得應該有五個人。」

面具會展開行動，就表示秩序下了命令。果真被觀風料中了。

「他們帶走了瑪德蓮吧？」

「是的，當時他正在二樓露臺跟鴿子們玩。面具大人很快就闖進屋內，到處搜索，最後找到了瑪德蓮……」

鴿子們受到驚嚇，隨即拍動翅膀逃離現場。

瑪德蓮當然不可能不抵抗。尤其當其中一名面具推倒小陶時，他更是激動地撲了過去，一度打倒了對方。

面具迻門不僅要奉命從事祕密行動，有時還要聽從秩序的指示行使武力。因此他們的臂力大多都很強，不過就算那五個人聯手，要抓到瑪德蓮還是得花點時間。

「可是，其中一名面具大人……用力毆打瑪德蓮的太陽穴……」

瑪德蓮癱倒下來後，面具便將他反手上銬。

「他們用皮囊罩住瑪德蓮的頭，讓他看不見東西，之後他就再也沒辦法抵抗了……真的、好過分，那是用在罪人身上的皮囊……最後瑪德蓮就被他們拖著帶走了……所以，我才趕緊大叫。我叫大黑快點去通知觀風大人您，邊哭邊叫……」

「你也受傷了不是嗎？」

「我不要緊，只是嘴巴裡面有點破皮而已，因為被推開時不小心撞到了。」

雖然雙眼仍紅通通的，顫抖的嘴唇也腫得慘不忍睹，小陶仍著急地問道。

「觀風大人，瑪德蓮會怎麼樣呢？您會救他吧？」

「當然。」

觀風如此答道。

在堅強又勇敢的小陶面前，觀風勉強克制住情緒，可他感覺自己七竅都要生煙了。連他自己都很訝異，原來自己的體內存在著如此猛烈的情感嗎？

由於實在太過生氣，他不僅脈搏紊亂，連身體都熱了起來。十指的指尖就好似著了火一般。

不行。觀風立即安撫自己。深呼吸，快點動腦想一想。現在的目的不是要讓怒氣爆發，而是搶回瑪德蓮。魯莽的舉動解決不了問題。但要達成目的，不可缺少武器。武器，用來戰鬥的工具……自己有什麼武器？此外，該怎麼使用才能發揮最大的效果？

腦中浮現出朋友的面孔。換作明晰，這種時候他會怎麼做？

「……小陶。」

觀風做了一次深呼吸。

夜晚的空氣填滿了肺部，接著再把氣吐出來。小陶以沙啞的聲音應了一聲「是」，看著觀風。

「幫我拿出袍服和衲袈裟，要最上等的。」

「咦？」

「掛在袈裟背面的修多羅要挑有編入金線的。還有，麻煩你幫我編頭髮。總之把我打扮成典型的高階淡門。」

小陶一時間愣住，但隨即收斂起表情。他用手掌抹去臉頰上的淚水，回答觀風「我馬上辦」，然後就先跑回屋內做準備了。

觀風再度深呼吸調整氣息。

他已經知道，如果交涉對象是秩序，最具效果的武器是什麼了。

「您請回吧。」

「請您回去吧，秩序大人現在不見您。」

「請您等到明天早上再來吧，觀風大人……！」

樓下的門廳響起下屬們七嘴八舌的勸阻聲，聲音傳上了二樓。

秩序在辦公室裡聽著外頭的嘈雜人聲，皺起柳眉。來得還真快。這裡與三葉草村的距離分明不短……八成是那隻大烏鴉飛去通風報信吧。

銀髮的觀風，真是一點都不能大意的對手。

他不只會觀測天候，還會操縱聽不懂人話的鳥獸。雖然認識已有十年左右，秩序依然覺得他是個神祕又古怪的人物。

觀風總是一副冷淡、看不出想法的態度。儘管民眾私底下都稱他為「美麗石像」，還被譽為最俊美的娑門，他卻老是穿著樸素無華的服裝，頭髮也鮮少紮起，時常任其隨風飄揚。無論面對誰，他都不逢迎諂媚，也不擺出諂笑，那副自然不做作的態度令秩序莫名感到惱火。

家世、經驗、影響力……秩序知道自己沒有一樣比得上觀風。

秩序年紀還很輕，還不夠成熟。他會在意那個男人，或許也是因為自己不夠成熟。但就算真是如此，自己不夠成熟的事實被攤在眼前仍令他相當不愉快。

最可恨的是，觀風受到如來的寵愛。

所以觀風才會獲選為候選賢者，然而他卻一直拖延，遲遲不肯正式成為賢者。實在令人不快。

不過，令秩序不愉快的娑門不只觀風一人。

秩序娑門必須嚴以律人。為了維護阿迦奢的秩序，有時也要調查、責問、懲罰犯錯的娑門同胞。不消說，這是個會遭人疏遠的職位，講白點就是不受歡迎的討厭鬼。當然，高階娑門基本上不會將厭惡表現在臉上……除了那個口無遮攔的明晰以外。

可是，秩序還是能感受到他們的態度。

不光是厭惡感而已。秩序不只被人討厭，還遭到輕視。

因為秩序並無「天賦」。

擁有天職的娑門幾乎都是世襲。並不是因為阿迦奢有這樣的規定，而是因為各種「天賦」都是透過遺傳承繼下去，自然而然就形成這樣的結果。其他家系偶爾也會出現擁有天賦的人，不過這些人大多都有親戚關係。

當中只有【秩序娑門】不是世襲。

秩序必須具備的不是天賦，而是「能為如來貢獻多少力量」這種堅定的信仰心。人要遵守如來追求的崇高秩序是很困難的。擾亂秩序的人必定會出現。領導民眾的娑門也不例外，而且因為他們處於領導地位，造成的影響更大、更罪孽深重。

正因如此，才需要約束娑門的娑門。

「觀風大人，萬萬不可……！」

勸阻聲已逐漸移動到二樓，還伴隨著許多人的腳步聲。

坐在辦公室裡的秩序從椅子上起身。

他先以指尖將衣服上的皺褶抹平，然後端正姿勢。觀風闖進來一事在他的預料之中，只是時間比他預期的早了一點。觀風一定很生氣吧。畢竟面具擅自進入他家，帶走了非者。雖然不知道觀風為何執著於那個非者，不過他本來就是個連象貓都想養的怪胎。再加上抓回來的非者，還是個超乎想像的俊俏青年，也許觀風有著看到稀奇之物就想放在身邊的惡癖吧。

對開的房門遭人猛力打開。那道門本來就沒有上鎖。

秩序雙手合十擺出打招呼的姿勢，臉上掛著平時那副淺淺的笑容。

「皈依如來者、吾須敬愛的前輩——觀風娑……」

話才說到一半，他就頓住了。

因為出現在門口的觀風——那副充滿威嚴的模樣，令他忍不住看得出神。

觀風一身正式且華麗的裝扮。

上等的絲質袍服浮現出精緻的紋樣。披在袍服上的袈裟則是最高級的衲袈裟，當中以金銀絲線繡出的圖案，究竟是由多少位師傅花費了幾個月才完成的呢……實在教人難以想像。銀髮梳成華美的髮型，而裝飾用的珠子是特別貴重的珍珠。銀色與乳白色交相輝映。

這身裝束奢華得令人瞠目結舌，卻又無損他的格調。

不過，宛如雕像般俊美的臉龐上——那對灰藍色的眼珠，要比服裝、髮型更加耀眼。雙眸盈著冷冽的光，注視著秩序。

秩序曉得，他正沉默地質問自己。

你是不是忘了？

是不是忘了，我是什麼人？處於何種立場？居於何種地位？擁有何種權力？所以才膽敢擅自踏進我的私宅，做出這等不敬之舉？

你以為當上秩序娑門，就能夠做出這種事嗎？

觀風正如此責問秩序。

想盡辦法攔阻觀風的管家，以及戴著面具的下屬們全都不知所措。職責各不相同的高階娑門並無明確的上下之分，不過尊重年長者、重視家世是不成文的規定。雖然秩序對此感到怏怏不平，但忽視這項規定的話，自己有可能遭到全體娑門的排斥。而且，如來完全不插手干預娑門之間的紛爭。

貿然引起衝突並非明智之舉，所以秩序才趁觀風不在家時派人去抓非者。再加上觀風又是候選賢者，秩序總不能揪著他的後頸，命令他滾出這裡。

「還給我。」

觀風連聲招呼都沒打，劈頭就這麼說。

雖說觀風平常態度就很冷淡，但他並不是個會忽略禮儀的人。此刻觀風擺出這樣的態度，益發顯現出他的怒意有多強烈。迎面而來的壓力令秩序內心不由得畏縮起來，但他可不能在這種時候讓步。

「我為下屬趁您不在、擅闖貴府的無禮之舉向您道歉。可是，這也是我的工作。」

「還給我。」

觀風用同樣的語氣、同樣的表情，重複同一句話。

「恕我直言，如來非常擔心您。祂知道您未曾有就任賢者的準備。我認為若有事物妨礙您，就應該立即排除。一切都是如來的……」

「這是最後一次。還給我。」

平淡而冷若冰霜的聲調第三次這麼說。儘管那嗓音令人背脊發涼，為了頂住壓力拒絕他的要求，秩序刻意挺起胸膛，語帶自信繼續說道。

「我身為皈依如來者……」

觀風不理會還在說話的秩序，逕自轉身。然後輕輕拂動衲袈裟的袖子，離開辦公室，自顧自地迅速往前走。

他邁著毫不猶豫的步伐，彷彿知道非者在哪裡似的，不過這沒什麼好奇怪的。因為居住在珂璉之崗的人都知道，秩序娑門的宅邸設有地下牢房。

「……沒辦法。去攔住他，小心別讓他受傷了。」

秩序一聲令下，面具們便展開行動。

追上觀風的面具共有五人。這些以面具遮住臉孔的娑門個子都很矮小，那是因為他們皆為順英之民，派他們在城裡從事祕密行動比較方便。面具娑門是唯一允許順英人從事的聖職，但在娑門當中位階最低，同時也最受人畏懼。除了秩序以外無人知曉他們的真面目，亦不知道他們掌握了什麼消息。

此外，雖然他們個子矮小，身體卻鍛鍊得很強壯，即便是高自己將近一倍的珂璉人也能輕易打倒。說到底，珂璉人從出生的那一刻起就是特權階級，不僅沒必要從事肉體勞動，生病時也容易取得藥物。因此他們不會主動鍛鍊身體，只須保持沉穩優雅的姿態……

「呀！」

竄入耳中的慘叫聲，令秩序皺起眉頭。

那不是觀風的聲音。走出辦公室察看情況，發現一名面具倒在走廊上哼哼唧唧。他趕緊往前走，發現樓梯上也倒著一個人，而且已昏了過去。

秩序簡直不敢相信自己的眼睛。這究竟是怎麼回事？難道是因為面對候選賢者，他們太過手下留情了嗎？還是說，觀風攜帶著武器？但兩人看起來都沒有流血。

奔下樓梯後，秩序在門廳的前面又發現一個人……這位面具還有意識，一見到秩序就忍著痛擠出聲音道：「他、他很強。」

即使聽到這句話，秩序依舊不敢置信。

秩序趕到通往地下室的樓梯。樓梯位在屋內最深處、後側走廊的盡頭。他抓起掛在牆上的提燈，繼續奔跑。

通往地下牢房的樓梯一片漆黑。秩序照亮不穩固的石砌樓梯，小心翼翼地快步往下走。不久便抵達地下室，沉悶的空氣包圍著他的身體。

「鑰匙。」

是觀風的聲音。

秩序也很快就發現他的身影。地下室的牆壁到處都鑿了洞，並放上蠟燭。這些蠟燭搖曳著火光，照亮了他的銀髮。面具他們與觀風相對而立，戒備著他不敢動手。

「恕我拒絕。」

戴著面具、以堅持的語氣回答的人，是擔任獄卒的娑門。

今晚的獄卒是一名格外強壯的面具，他的體格也比一般的順英人還要壯碩，而且忠心程度是數一數二的高。最後將反抗的非者押進牢裡的人也是這名面具。

另外還有兩個人，這三名面具與觀風近距離對峙，陷入膠著狀態。觀風察看關著非者的牢房，不過因為沒有燈光，裡面只看得到一片漆黑。

「觀風大人，請您就此罷手。」

秩序喘著氣說。由於觀風背對著他，看起來就像是對著銀色長髮說話。

「把鑰匙交出來。」

觀風完全不理會秩序，將手伸向擔任獄卒的面具。

「我辦不到。因為我是奉如來旨意，執行應盡的任務。」

「你只是聽從秩序的命令罷了。那不是如來的命令。」

聽到這句話的秩序也忍不住厲聲道：「此話說得太過分了。」他走上前，更加靠近觀風。

「對我的下屬而言，我的命令就是如來的命令。這是極為理所當然的事。」

「那麼我問你。」

觀風終於轉了過來。

他冷漠地看著秩序。即使在昏暗的地下空間裡，依然看得見銀髮與衲袈裟的光澤。看上去就好似觀風本身散發著淡淡的光芒。

「是如來命令你將非者關進牢裡嗎？」

「……我、我得到了啟示。祂說，『曾為人者的來訪，將對我阿迦奢帶來不良影響。我為此而憂嘆。』消解如來的憂慮、維持這塊土地的秩序是我的使命，以及職權。」

「你的意思是，你有權將收容在我家的人關進牢裡？」

「我是這麼解釋的。」

「我應該告訴過你，我會讓非者回到森林。」

「自得到這句答覆的那日算起，已過了太久的時間。」

秩序只是執行自己的職務罷了。即便是觀風，也沒有理由可以否定這件事。說到底，要不是觀風將非者收容在自己家裡，也不會發生這種麻煩事。偷了東西的非者，只要交給順英人他們去解決就行了。

「很遺憾，您正打算違背如來的指導，因執著而犯下大錯。請快點恢復理智，返回貴府。您應該要放下執著，忘了那個非者的事。面具們，把觀風大人帶走。」

看來只能用稍微強硬的手段，請他離開這裡了。秩序如此暗想，這般指示下屬。三名面具便一副下定決心的樣子逼近觀風。

「不准碰我。」

聽到觀風如此警告，面具們一時間不知該如何是好，但隨後其中一人便對他說「失禮了」，抓住他的右手臂。另一人則抓住左手臂，而獄卒則牢牢扣住他的肩膀。

……原以為是這樣。

咚！現場發出了沉重的碰撞聲。剛才抓住觀風右手臂的那名下屬，被他砸在了石砌的牆壁上，身體沿著牆面緩緩地滑下去，然後就一動也不動了。

秩序看傻了眼。事情發生在短短一瞬間，他確實目睹了這一幕……卻還是不敢相信。剛才觀風甩開抓著他的手，接著反過來一把揪住面具的後頸，朝著牆壁將人推了過去。

不對，看起來跟用扔的差不多……而且，他只用了一隻手。

幾乎同一時間，觀風也朝抓住左手臂的那名面具的小腿前側踢了一腳，迫使他蹲下來。雖然獄卒擺出了防備姿勢，觀風的拳頭仍毫不留情地砸在他的鼻梁上。面具的中央頓時裂開，獄卒的鼻子露了出來，流出鼻血。

蹲下來的那名下屬試圖站起來，但觀風抓住他的後領，輕鬆地將他扔了出去。這名面具重重地疊在靠著石牆昏厥過去的那名面具身上。他的頭似乎撞到了牆壁，最後就一動也不動了。

「唔……」

獄卒抬手按著快要壞掉的面具，發出一聲低哼。觀風將他的身體按在牢房的鐵柵欄上，再次低聲要求他交出鑰匙。

轉眼間他就撂倒了三個人，可呼吸卻沒有一絲紊亂。

這是那位觀風嗎？

是那位被譽為最俊美的娑門、宛如雕像一般，沉著冷靜、擁有高貴血統的、銀髮的觀風嗎？

他的臂力非比尋常。

而且還毫不猶豫地將臂力化為暴力——秩序震驚得說不出話來，不久他表情扭曲，忍不住喃喃地說：

「……這樣的人居然是候選賢者。」

在微弱的光線中，觀風短暫地看了秩序一眼。不過他什麼話也沒說，只是摸了摸獄卒那件長袍的口袋，自行拿出鑰匙。獄卒已不再反抗觀風，手無縛雞之力的秩序也阻止不了他。自己只能眼睜睜看著觀風打開門鎖，這一現實令秩序相當惱火。

「這樣的人居然是候選賢者……對非者如此執著，還為了搶回非者而對我的面具們行使暴力……」

顫抖的話音再度遭到忽視。

打開門鎖後，觀風隨即走進不乾淨的牢房內，一點也不介意衣襬會弄髒。

在濃重的黑暗中，只有觀風手上的提燈散發著微弱的光芒。

由於非者遭人灌了藥，此刻他應該在牢房的深處睡得像死了一樣深沉。

雖然藥效很強，但頭痛與噁心感等副作用也不小，所以珂璉人幾乎不用這種藥。

「因為他反抗得很厲害，我只能讓他睡著。」

儘管觀風什麼也沒問，秩序仍懷著不痛快的心情這麼解釋。

「他簡直就是一頭猛獸。我這邊也有好幾名面具受傷呢，甚至還有人骨折了。」

秩序可沒有說謊。原先聽說這個非者受了傷，所以觀風將他帶回家裡收容，然而實際去抓人時卻發現非者的傷好得差不多了，而且身穿上等的服裝，頭髮綁得很漂亮，氣色也很好，怎麼看都不像傷患。在觀風家抓捕非者時他也抵抗得很激烈，而且不知為何連鴿子和那隻象貓都跑來妨礙，讓面具們費了好大一番工夫。

觀風一語不發地從牢房裡出來。

他把金縷衲袈裟脫下來裹著非者，將人抱在懷裡。秩序咬牙切齒地暗想：如來要是知道了這件事，不知會有多麼悲傷。

「幫我拿燈。」觀風對著獄卒說。

鼻血尚未止住的獄卒先是看向秩序，見他點頭後才接過提燈，邁步走在前面幫觀風照亮腳下的路。剛剛倒在地上的那些娑門，也都哼哼唧唧地爬起來，不過當然沒人想要阻止觀風。

「——秩序娑門啊。」

觀風在樓梯前停下腳步，如此喚道。他並未轉頭面向秩序。

「人無法消除執著，絕對無法消除。因為人是唯一知道自己終將死去的生物。如果不依賴想擁有某樣事物的心情，人該如何活下去才好？如來是充滿智慧、慈悲與寬容的創造主。祂並沒有要我們完全拋開執著，而是要我們別受執著左右。然而對人來說就連這種事都很難做到，所以才需要如來的指導。」

「我不想在這裡跟你討論教義，但有一件事我必須聲明。我對任何事物都不執著。」

「不，你是執著於不執著。」

哈！秩序嗤笑一聲。

這豈止是詭辯，根本就是文字遊戲，他想。

觀風理應也聽到了秩序的嘲笑聲才對，但他只是用平淡依舊的語氣撂下一句「你遲早會懂的」。這句年過百歲的老東西必定會說的口頭禪，秩序早已聽膩了。

「如來會很失望吧。」

秩序對著觀風那道準備離開的背影憤恨地說。

「今晚的事我會立刻向祂報告。看來我這個晚輩說的話你聽不進去，但我相信如來一定會告誡你——身為娑門、身為候選賢者，你該領導、保護的對象是阿迦奢的黎民……絕對不是非者。」

秩序的聲音，迴蕩在地下室的沉悶空氣中。

直到最後觀風都沒有回頭，就這麼抱著非者離開了現場。

藍月小說系列

賢者與瑪德蓮㊤
（原著：賢者とマドレーヌ）

作　　者／榎田尤利
繪　　者／文善やよひ
譯　　者／王美娟
執 行 長／陳君平
榮譽發行人／黃鎮隆

出　　版／城邦文化事業股份有限公司 尖端出版
台北市中山區民生東路 2 段 141 號 10 樓
電話：(02) 2500-7600
傳真：(02) 2500-2683
E-mail：7novels@mail2.spp.com.tw
發　　行／英屬蓋曼群島商家庭傳媒股份有限公司城邦分公司　尖端出版
台北市中山區民生東路 2 段 141 號 10 樓
電話：(02) 2500-7600 （代表號）
傳真：(02) 2500-1979
中彰投以北經銷／楨彥有限公司（含宜花東）
電話：(02) 8919-3369　傳真：(02) 8914-5524
雲嘉以南／智豐圖書有限公司
（嘉義公司）電話：(05) 233-3852　傳真：(05) 233-3863
（高雄公司）電話：(07) 373-0079　傳真：(07) 373-0087
一代匯集／香港九龍旺角塘尾道 64 號龍駒企業大廈 10 樓 B&D 室
電話：(852) 2783-8102　傳真：(852) 2582-1529
E-mail：hkcite@biznetvigator.com
新馬經銷／城邦（馬新）出版集團 Cite (M) Sdn. Bhd.
E-mail：cite@cite.com.my
法律顧問／王子文律師　元禾法律事務所
台北市羅斯福路 3 段 317 號 15 樓

2023 年 10 月 1 版 1 刷



■中文版■

郵購注意事項：
1.填妥劃撥單資料：帳號：50003021戶名：英屬蓋曼群島商家庭傳媒(股)公司城邦分公司。2.通信欄內註明訂購書名與冊數。3.劃撥金額低於500元，請加附掛號郵資50元。如劃撥日起 10～14日，仍未收到書時，請洽劃撥組。劃撥專線TEL：(03)312-4212 ・ FAX：(03)322-4621。E-mail：marketing@spp.com.tw

國家圖書館出版品預行編目資料

**賢者與瑪德蓮** / 榎田尤利作 ; 王美娟譯 . -- 1 版 . -- 臺北市 : 城邦文化事業股份有限公司尖端出版 : 英屬蓋曼群島商家庭傳媒股份有限公司城邦分公司尖端出版發行 , 2023.10

冊 ; 公分

譯自 : **賢者とマドレーヌ**

ISBN 978-626-356-996-6 ( 上冊 : 平裝 )

861.57 112011914